우리에겐 비빌 언덕이 필요해

우리에겐 비빌 언덕이 필요해

서로를 돌보며 존엄한 삶을 가꾸다

최정은 지음

오월의봄

일러두기

- 책의 중심 소재인 사회복지법인 윙Wing을 이르는 명칭은 다음의 시기 구분에 따라 '데레사원' '은성원' '윙'으로 혼용해 표기했다.
    - 1953. 10. 데레사원 설립
    - 1965. 6. 은성원으로 개칭
    - 2006. 4. 윙으로 개칭
- 윙, 그리고 기타 여러 단체의 관계자들을 제외한 모든 이들의 이름은 가명으로 처리했다.
- 〈나가며〉에 엮은 글들은 2023년 4월 25~26일 윙에서 진행한 인터뷰 일부를 요약 정리한 것이다.

윙Wing, 나를 있게 한 우리의 기록

사회복지법인 윙은 1953년 10월, 한국전쟁 직후 홀로된 어머니들과 아이들을 위한 모자복지사업으로 출발했다. 전쟁의 상흔이 걷혀가고 개발에 박차를 가하던 1960년대로 접어들면서는 일을 찾아 상경한 나이 어린 여성들에게 안전한 주거와 직업훈련의 기회를 제공하고자 했다. 1980년대에는 홀로 아이를 출산해야 하는 여성들과 함께했으며, 1990년대에는 저소득 여성의 직업보도사업과 가출청소년들을 위한 복지사업에 집중했다. 2000년대부터는 반성매매 운동과 함께 성매매 피해여성들을 위한 자활지원사업을 해오고 있다. 여성을 중심에 두고 시대가 요청하는 일을 해온 지 올해로 어언 70년이 되었다.

　모두가 살기 힘들었던 그 시절, 나의 할머니는 사재를 털어 복지사업을 시작했다. 자녀 셋을 홀로 키우는 싱글맘이었던 할머니가 어떻게 그런 생각을 하게 된 것인지, 나는 아직도 그 마음을 모두 헤아리지 못한다. 할머니가 데레사원이라는 이름으로 처음 시작한 이 복지시설은 사회복지법인 은성원을 거쳐 현재의 사회복지법인 윙으로 거듭났다. 할머니의 가장 든든한 지지자이며 지원군이었던 나의 아버지는 여러 면에서 복지사업에 적합한 성품과 능력을 갖춘 인력이었지만, 그 역량을 채 발휘하지도 못하고 물러나야 했다. 돌아가시는 날까지 직함을 유지했던 할머니와 하루라도 빨리 전면에 나서서 일하고 싶어 한 나 때문이었다.

　기꺼운 마음으로 했던 일을 딸에게 넘겨주고 물러나야 했던 아버지에 대한 미안함은 나와 윙을 여기까지 끌고 온 원동력이었다. 그러나 가족들의 복지사업을 이어받는다는 것은 자랑스러운 일인 동시에 드러내선 안 되는 일이기도 했다. 가족이 운영하는 복지법인에 대한 선입견이 존재했기 때문이다. 드러내선 안 되는 것은 또 있었다. 윙의 친구들이 한때 성매매 여성이었다는 것, 그리고 가난하고 자원이 없는 여성이라는 것이 그랬다. 나는 윙이 가족이 운영하는 복지법인에 대한 선입견과 성매매 여성에 대한 세상의 편견 모두에 당당히 맞서고 끝내 그것들을 깨부수길 바랐다.

데생 작업에서 부드러운 곡선은 무수히 많은 직선을 반복해 그린 끝에 만들어진다. 윙의 활동가들과 친구들의 관계도 꼭 그랬다. 나를 포함한 활동가들은 때로 윙이 지향하는 가치관이나 공동의 규칙을 내세우며 친구들을 몰아치고 부추기기도 했다. 친구들이 고분고분한 복지의 수혜자가 아니라 한 명의 주도적인 인간이자 여성으로서 용감하게 자신의 삶을 살아가길 바랐기 때문이다.

우리는 덧셈이 아닌 뺄셈에서 출발했다. 이제껏 살아온 삶의 습속과 관성을 덜어내는 일부터 시작해야 했다. 무엇보다 친구들의 결핍에 섣불리 대체물을 더하지 않으려고 노력했다. 공부, 여행, 요리, 등산, 노동, 손작업, 각종 워크숍 등 끊임없는 시도와 실천 속에서 다르게 생각하고, 다르게 보고, 다르게 질문하고자 했다. 그렇게 새로운 삶의 양식을 얻은 우리는 이전의 삶으로 돌아갈 수 없게 되었다.

이 책에 담긴 윙의 이야기는 결코 윙만의 이야기가

아니다. 나는 이 책이 아픈 과거를 가진 피해자들의 이야기로 읽히지 않길 바란다. 친구들이 겪은 여성폭력과 그폭력을 떠받치는 사회구조에 대해 성찰하는 일 역시 중요하지만, 친구들의 이야기가 끝내 자기 삶과 존엄을 놓지 않으려 고군분투하며 나아갔던 이들의 기록으로 읽히길 바란다. 한편으로 이 책은 나 자신에 대한 기록이기도 하다. 윙과 윙에 머물렀던 친구들 한 명 한 명의 삶은 내게 가장 치열한 여성운동 현장이었다. 나는 윙에서 모든 걸 새로 배웠고, 윙과 함께 비로소 내가 되었다. 그리고 이 책을 읽을 독자들이 책 속에서 자신의 이야기를 발견한다면, 그보다 더 값지고 기쁜 일은 없을 것이다.

책은 네 개의 장으로 구성되어 있다. 〈여성과 집〉에서는 윙의 첫 시작과 다양한 주거권을 실험했던 과정, 그리고 결국 쉼터를 떠나게 되는 이야기를 담아냈다. 사회복지 프로그램의 한계에서 벗어나 인문학을 공부하며 자신의 지난 삶을 재해석하고 일상의 소중함을 깨우쳤던 이야기는 〈여성과 공부〉에 녹여냈다. 〈여성과 일〉에는 일을 '삶의 척추'로 여기며 살아온 우리의 노동이 담겨 있으며 〈여성과 우정〉에서는 윙이라는 비빌 언덕에서 우리가 어떻게 서로를 돌보며 존엄한 삶을 가꿔왔는지 그 관계에 대한 이야기가 펼쳐진다.

 2023년 10월은 윙이 설립된 지 70주년이 되는 날이다. 70년의 시간을 지면에 모두 담아내기란 불가능하지만, 축적된 그 시간들이 윙의 오늘을 빚어냈다고 믿는다. 수년 동안 글쓰기를 미뤄왔던 나는 다시금 그 시간을 상기하며 책상 앞에 앉았다. 윙에서의 지난날들에 대한 이야기를 언제나 다정하게 들어주고, 책의 꼴을 함께 구상해준 권용선 선생님이 아니었다면 아마 책이 세상에 나오기 어려웠을 것이다. 여기에 임세현 편집자의 성실함과 섬세함으로 책이 완성될 수 있었다. 두 분께 깊은 감사를 드린다.

 처음 글을 쓰기 시작했던 올봄부터 가을의 문턱에 와 있는 지금까지, 나는 매일같이 윙의 공간과 윙에서 만난 사람들을 생각했다. 기꺼이 행복했던 시간이었다. 1953년부터 2023년 지금까지 윙과 함께 인생의 한순간을 보낸 4천여 명의 여성들에게 환한 꽃다발을 안겨주고 싶다.

2023년 10월

최정은

1977년 12월 은성원 언니들과의
크리스마스 파티에서.

차례

여성과 집

겨우 생존을 유지하는 삶이 아닌
다른 가능성으로 꿈틀대는 삶을 살아보자고.
그렇게 우리는 쉼터를 떠났다.

쉼터는 집이 될 수 있을까?

어렸을 때 할머니가 계시는 은성원에 놀러 가면 항상 언니들이 많았다. 그토록 많은 언니들이 어떤 이유로 여기 모여 사는지 정확히 알지는 못했다. 그래도 보통의 집과 달랐던 그곳의 분위기와 언니들의 존재만으로 갈 때마다 신이 났다. 우리 집 안방보다 몇 배는 큰 기숙사와 식당이 가장 인상적이었다. 어린 마음에 '이렇게 많은 사람들이 같은 방에서 잠을 잔다면 매일 여행 온 것 같아서 즐겁겠다'고 생각했다.

당시 기숙사는 양쪽으로 길게 평상 마루처럼 펼쳐진 구조였고 실내는 신발을 신고 다니는 방식이었다. 그마저도 2층으로 되어 있어서 별다른 바닥 난방 없이 라디에이터가 실내의 온도를 담당했다. 그때는 쉼터의 구조가 왜 그렇게 생겼는지 이해하지 못했는데 티브이에 나온 군대 막사를 보고서야 오래전 언니들의 그 기숙사가 떠올랐다. 예전의 쉼터 기숙사가 군대식으로 되어 있었다는 것을 그때 알 수 있었다.

갖가지 미용 도구들이 있는 미용교육실 또한 내게는 즐거운 탐험의 공간이었다. 언니들은 가발을 올려놓고 연습을 하곤 했는데, 기웃거리는 나를 보면 주저 없이 데리고 들어갔다. 나의 머리를 빗겨주고, 두 갈래로 땋아주고, 아이론으로 봉긋하게 앞머리를 부풀려주었다. 가장 큰 연례행사였던 크리스마스 파티는 지금도 가끔 떠오르는 장면이다. 언니들이 매일 밥을 먹는 식당에서 작은 선물도 나누고, 함께 노래하며 장기자랑으로 춤도 추었다.

그중에서도 하이라이트는 모든 불을 끈 후 캄캄한 어둠 속에서 케이크의 초를 끄는 순서였다. 어린 나이에도 그 순간이 그렇게 좋을 수 없었다. 겨울이 오는 길목에 반드시 해야 하는 월동 준비로 다 함께 김장을 하는 것도 중요한 일이었다. 윙의 마당 한가운데 무와 배추가 한가득 쏟아져 있었고 언니들은 능숙한 솜씨로 배추를 가르고 무를 잘랐다. 주방 옆 창고 깊숙한 곳에 자리한 김장독에 엄청난 양의 김치를 차곡차곡 묻는 것으로 이듬해의 먹거리를 장만했다. 보리가 많이 섞여 있어 서걱거리던 밥과 네모난 식판도 그 시절 쉼터의 상징이었다. 식판에 담은 밥이 먹고 싶어서 몇 번 먹어봤지만 나 같은 어린아이의 입맛에 미치지는 못했다. 지금이라면 그런 채식 밥상을 아주 맛있게 먹었을 텐데.

은성원을 운영하던 할머니는 1997년 3월 1일 이른 새벽에 돌아가셨다. 그날은 내가 은성원으로 첫 출근을 하기로 약속한 날이기도 했다. 가족들은 모두 병원 장례식장으로 떠났고 나 홀로 덩그러니 남았다. 그렇게 할머니가 떠난 은성원의 할머니 방에서 하룻밤을 보냈다. 앞으로 이곳에서 어떤 일이 펼쳐질까. 머릿속이 복잡해 쉽게 잠에 들 수 없었다. 앞으로 어떤 일을 어떻게 해나갈까에 대한 상상보다 은성원이라는 공간 자체에 대한 걱정이 앞섰다.

그때의 은성원은 온통 회색빛이었다. 어린 시절 드나들던 공간이 지금 바로 내 앞에 펼쳐진 곳과 같은 곳이라는 게 믿기지 않았다. 연로하신 원장님과 일흔을 넘긴 총무님이 공간을 쓸고 닦으며 가꿀 여력이 있을 리 만무하다고 애써 스스로를 위로했다. 물론 단지 물리적인 환경만 보고 느낀 것은 아니었다. 이곳에서 사람이 살 수 있을까? 거주하기 위해 지은 건물을 집이라고 한다면 과연 이곳을 집이라고 할 수 있을까? 그런 생각이 좀처럼 떠나지 않았다.

그때 나의 신경은 온통 '하드웨어'에 쏠려 있었다. 이런 공간에서라면 누구라도 자존감을 지키기 어렵겠다고 생각했기 때문이다. 오로지 칙칙한 분위기를 어떻게 하면 집과 같은 아늑한 분위기로 바꿀 수 있을지만 생각했다. 하지만 공간을 달리 바꾸고 싶어도 바로 할 수 있는 게 없었다. 국고보조금 외에는 여분의 돈이 없었고, 국고보조금으로 기능보강비를 신청하려 해도 절차가 필요했다. 그 상태로 속절없이 시간만 흘러갔다. 쾌적한 환경을 조성하고 싶었지만 지금 바로 해결할 수 있는 사안이 아니라는 판단이 섰다. '그래, 그렇다면 지금 당장 할 수 있는 것부터 해보자.'

나는 당장 남대문시장으로 갔다. 매일의 끼니를 담는 그릇을 바꾸기로 한 것이다. 지금 당장 우리의 삶이 바뀌지 않는다 해도, 비록 눈앞의 공간은 우중충해도 밥만큼은 깨끗하고 예쁜 그릇에 담아 먹어야겠다고 생각했다.

1. 여성과 집

꼬질꼬질했던 식판을 치우고 우윳빛깔의 멜라민 식판으로 바꾸고 나니 우리의 일상이 조금은 달라진 것 같은 느낌이 들었다.

김현경은 《사람, 장소, 환대》에서 이런 질문을 던진다. "여성은 장소들 속에서 어떻게 자신의 자리를 발견하는 것일까? 그리고 사회(적인 것)는 여기서 어떤 역할을 하는가? 이렇게 묻는 이유는, 사회 안에서 우리가 갖는 자리가 장소들에 대한 권리 속에서 또는 우리의 몸이 장소들과 맺는 관계 속에서 표현되기 때문이다."[*] 장소들과 맺는 관계 속에서 내가 표현되고, 장소들에 대한 권리 속에서 나의 자리가 만들어진다고 할 때, 과연 쉼터에서 나의 자리를 만드는 일은 가능한가? 쉼터란 어떤 의미일까?

쉼터는 결코 단일한 의미를 지닌 장소가 아니다. 그곳에서 생활하는 여성들에게는 거주하는 집이었지만, 사회복지사들에게는 일터였다. 삶의 뿌리가 되는 주거 공간은 그곳에서 살아가는 사람에게 지대한 영향을 끼친다. 쉼터에서는 타인의 삶이 양해 없이 수시로 공유됐다. 일주일에 몇 번은 낯선 이를 식구로 맞아야 했으며, 잠깐의

---

[*]   김현경, 《사람, 장소, 환대》, 문학과지성사, 2015, 288~289쪽.

사색을 위한 혼자만의 공간도 허락되지 않았다. 그렇기에 내게는 쉼터의 입소 정원을 줄이고 공간을 리모델링하는 것이 급선무로 보였다.

쉼터의 정원을 줄이는 일은 주무관청에 서류를 제출하는 것으로 해결되었지만 리모델링은 절차가 복잡하고 어려웠다. 매년 4월에 다음 해 예산을 신청하는데 아무리 신청해도 기능보강비가 몇 년째 선정되지 않았다. 자치구에서 우리 서류를 아예 서울시에 제출하지 않았다는 사실을 나중에서야 알았다. 화가 난 나는 구청에 전화를 걸어 '몇 천만 원씩 되는 기능보강비를 현장 실사도 없이 집행할 수 있느냐' '여기에 나와보면 알 수 있지 않느냐' '당장 공익 교양 프로에 나가 우리 시설의 열악함을 알려야겠다'며 반협박성 하소연을 했다.

그 일 이후 얼마 지나지 않아 급하게 편성된 기능보강비를 배정받을 수 있었다. 그것으로 우선 건물 전체의 새시 공사를 했고, 조금씩 공사 범위를 넓혀가다 여성부가 신설되면서 대대적인 공사에 착수할 수 있었다. 칙칙한 회색빛 공간을 조금이나마 화사한 분위기로 바꾸기까지 6년이라는 세월이 흘렀다.

공간이 주는 힘과 에너지가 사람에게 얼마나 큰 영향

1 여성과 집

을 미치는지 친구들의 얼굴과 몸짓에서 알 수 있었다. 단체 생활이라는 명분으로 만들어진 막사 대신 우리에게 필요한 건 새로운 개념의 공간이었다. 쉼터이지만 어떤 면에선 쉼터 같지 않은 공간, 모두가 모일 수 있는 곳도 필요하지만 혼자 또는 소수를 위한 공간도 놓치지 않으려고 나름대로 열심히 공간을 가꿨다. 다행히 법인 소유의 자가 건물이 있었던지라 그런 시도를 해볼 수 있었다.

《집의 감각》이라는 책은 집을 "개인의 역사와 인생 양식으로 채우는 무대 공간"으로 바라본다. 집을 이루는 각각의 요소들은 서로를 연결하며 "하나의 선"을 그려나가게 된다.[*] 나는 이 구절을 읽으며 윙을 떠올렸다. 우리의 일상이 펼쳐지는 윙이라는 무대 공간에서 과거와 현재가 어떻게 교차할지, 그 속에서 어떤 다채로운 경험들이 생성될지 궁금했다. 아늑한 공간을 꾸미는 일은 우리에게 곧 쉼터가 집이 될 수 있는지를 모색하는 과정이었다.

---

[*] 김민선, 〈프롤로그〉, 《집의 감각: 네덜란드에서 서울까지, 어느 공간 디자이너의 '집' 이야기》, 그책, 2021.

할머니와 아버지

백수남 할머니는 1916년 7월 6일 서울에서 태어났다. 4녀
1남의 막내딸로 태어나 유복한 어린 시절을 보냈다고 한
다. 그 시절에 스케이트를 탔다는 이야기를 할머니로부터
종종 들었던 기억이 난다. 이화여고를 졸업한 후 일본의
양재전문학교로 유학을 다녀온 할머니는 일본에서 만난
할아버지와 결혼해 세 자녀를 두었다. 그러나 1943년, 할
머니 나이 고작 스물일곱이었던 해에 할아버지가 돌아가
셨다. 이후 종로에서 10여 년간 '보그 테일러'라는 양장점
을 운영하게 된 할머니는 세 자녀와 함께 한국전쟁을 겪
으며 굴곡진 삶을 살아냈다.

사회는 재건의 몸부림으로 바삐 움직이고 있었고, 그때 할머니의 눈에는 전쟁이 남긴 아이들과 어머니들이 들어왔다. 자신도 이미 아이 셋을 둔 싱글맘이었기에 누구보다 그들의 어려움에 공감했을 것이다. 보고만 있을 순 없다고 생각한 할머니는 행동에 나섰다. 23세대의 싱글맘 가족들을 모아 지금의 윙이 있는 이곳 신길동에 터전을 잡았다. 1953년, 할머니의 세례명을 딴 데레사원은 그렇게 출발했다.

　　내가 기억하는 할머니는 언제나 당당한 모습이었다. 크지 않은 키에도 항상 어깨를 펴고 큰 보폭으로 성큼성큼 다녔다. 두 명의 아들과 딸 하나를 둔 할머니는 장남인 아버지를 가장 아끼셨다. 어린 손주들까지 다 느낄 정도로 말이다. 군것질 좋아하는 장남을 위해 손주들 몰래 아버지 손에 슬쩍 간식을 쥐어주던 분이었다. 평생 홀로 복지시설을 운영하면서도 어려운 일은 장남하고만 소통했는데, 주로 운영비가 부족하다거나 어딘가 공사를 해야 할 때였다. 아버지는 늘 기분 좋은 얼굴로 할머니의 요청을 기꺼이 받아들였다.

　　그 시절의 할머니는 어떻게 홀로 은성원을 꾸려나갔을까? 지금처럼 네트워크가 활발했던 것도, 그렇다고 후

원회가 조직되어 있던 것도, 연대체가 있어서 한 목소리를 낼 수 있었던 것도 아니었는데 말이다. 생각해보니 할머니 곁에는 늘 여자들이 많았고, 먹을 것이 풍부했다. 딸부잣집의 막내딸이었던 할머니의 언니들을 비롯해 비슷한 시절 함께 사회사업을 시작했던 동료들이 은성원에 자주 모였다. 아마도 그렇게 함께 밥을 먹고, 이야기를 나누고, 울고 웃으며 나누었던 자매애로 힘든 그 시절을 건너왔을 것이다.

아버지는 보헤미안의 피가 흐르는 것처럼 자유로운 분이었다. 중고등학교부터 대학교까지 나름 엘리트 코스를 밟았지만 주류적 삶의 수순을 따르지 않았다. 영화를 좋아해 영화사에 취직했고, 바다가 좋다며 배를 타고 몇 년씩 집을 떠나 있기도 했다. 망망대해를 무대 삼아 지내다가 귀국을 결심하면서 돌아오는 길에 일본에 들러 미싱 열몇 대를 샀다고 한다. 그 미싱들은 은성원 한쪽에 자리 잡았고, 그렇게 시작된 봉제 공장에서 은성원의 언니들이 일을 시작했다. 처음에는 봉제 인형을 만들었다.

그때가 1970년대 초중반이었는데 당시는 경제성장과 함께 수많은 농촌 여성들이 일자리를 구하기 위해 도시로 무작정 상경하던 시기였다. 나이 어린 여성들이 '향

락산업'에 빠지지 않도록 안전한 기숙사 제공과 직업교육 및 취업 알선을 위한 직업보도 사업을 하던 은성원은 여러모로 아버지의 새로운 사업과 잘 맞았던 것 같다. 그 시절 은성원에는 언니들이 생활하는 기숙사와 교육공간 외에도 할머니의 방과 공장이 있었고, 방 두 칸을 사용하는 우리 집도 함께 있었다. 학교에 갔다 돌아오면 언제나 미싱 돌아가는 소리가 들렸는데 현재 윙의 법인 사무국이 있는 2층 공간이 봉제 공장이 있던 자리이다. 그곳에서 4~5년 남짓 살았을까? 이후 우리 집과 아버지의 공장은 은성원을 나와 근처의 다른 곳에 터전을 잡았다.

아버지와 나는 여느 살가운 모녀 사이만큼이나 가까웠다. 추운 겨울 대학입시 실기시험을 위해 시험장에 들어간 딸을 끝까지 밖에서 기다려준 사람도 아버지였고, 삶의 기준은 바로 너 자신으로부터 시작되어야 한다며 자족할 수 있는 사람이 진짜 행복한 사람이라고 말해준 사람도 아버지였다. 무엇보다 여자도 자신의 일을 하며 경제적 능력을 갖춰야 한다고 강조하셨다. '어쩌다 재수 없게 비겁한 남자를 만나게 되면 참고 살지 말고 미련 없이 박차고 나와야 한다'는 아버지의 말씀은 지금 생각해봐도 대단하게 느껴진다. 덕분에 나는 일찌감치 일에 대한 나만의 생각을 구축할 수 있었다.

　돌이켜보면 내가 윙에서 실현하고자 했던 여성들의 주도적인 삶과 내면의 힘, 경제적 자립에 관한 의미와 가치는 모두 아버지로부터 비롯된 것이다. 지금도 문득 넉넉한 웃음으로 은성원의 안과 밖을 서성이던 아버지의 모습이 떠오른다. 누구든 차별 없이 동등하게 대하던 아버지는 나에게 삶에서 가장 소중한 가치를 일러준 첫 번째 사람이었다.

윙 어때요?

아버지는 할머니의 뒤를 이어 은성원의 원장이 되었다. 사회복지사 자격증이 없었던 나는 당시 경비원 자격으로 은성원에 입사했다. 은성원은 작은 사회복지시설이었기에 나는 별다른 업무 분장 없이 모든 일을 떠안아야 했다. 그런데 나의 아버지인 최주찬 원장님은 상담과 같은 사회복지사의 고유한 업무만큼은 반드시 사회복지사가 하도록 했다. 그리고 그 외의 모든 일들은 자연히 경비원인 나의 몫으로 남겨졌다. 나는 회계 장부를 쓰다가도 주방에 내려가서 김치를 담가야 했고, 장을 보고, 음식을 하고, 이곳저곳을 쓸고 닦았다.

좀 더 전문적인 일을 맡기 위해서는 사회복지 공부를 시작해 사회복지사 자격증을 따야 했다. 어서 시작해야 한다는 조급한 마음에 둘째아이의 출산 예정일을 앞두고 대학원에 입학하게 되었다. 큰아이는 초등학교에 입학했고, 둘째 아이는 그때 막 태어난 상황. 게다가 나는 시어머니와 함께 살고 있었다. 출근해서 일을 하고, 일주일에 이틀은 저녁에 대학원 수업을 가야 했다. 눈코 뜰새 없이 바빴지만 힘들다기보다는 재미있었다. 배운 것을 어서 현장에 적용해보고 싶었고 이런저런 상상을 하느라 피곤한 줄 몰랐다.

그렇게 대학원 과정을 마치고 1급 사회복지사 자격증을 받았다. '자격'을 갖추게 된 나는 경비원에서 총무가 되어 본격적으로 일을 해나가기 시작했다. 최주찬 원장님은 주로 푸드뱅크 사업에 주력하셨는데 그 일을 너무나도 좋아하고 보람 있어 하셨다. 푸드뱅크 사업은 유통기한이 지나 판매가 어려운 식품을 기부받아 사회복지시설이나 어려운 이웃들에게 나눠주는 음식 은행이다.

당시 보건복지부 여성복지팀에서 처음 시작한 이 사업은 자연스럽게 여성복지시설을 중심으로 시범 운영이 이뤄졌고, 그 과정에서 윙이 서울 광역 푸드뱅크 사업을 맡게 되었다. 원장님은 먼 거리도 마다하지 않고 손수 봉고차를 운전해 음식을 실어오고 또 직접 나눠 주었다. 아동시설, 청소년시설, 노숙인시설은 물론 노인시설, 여성복지시설, 지역의 작은 공부방부터 복지관까지 샅샅이 찾아 다니며 조건 없이 주기만 하는 그 일을 그렇게도 즐겁게 하셨다.

아버지가 한창 푸드뱅크 사업에 매진하던 시절, 사회적으로 중대한 움직임이 일었다. 2004년 3월에 제정된 성매매방지법이 같은 해 9월에 시행된 것이다. 자연스레 우리를 찾는 곳이 많아졌고, 몸과 마음은 더욱 바빠졌다. 시대의 요청으로 만들어진 새로운 법과 제도에 동참한다는 것은 우리에게 굉장한 자부심을 심어주었다. 그러나 그만큼 고민도 깊어졌다. 어느 날 아버지, 그러니까 원장님에게 대화를 청했다.

"아빠, 제가 원장을 해야겠어요."

"왜?"

"제가 일을 다 하고 있잖아요. 내부적인 일과 대외적인 업무까지."

"일은 네가 다 하고 나는 그냥 월급만 받으면 안 되겠니?"

"아니, 지금 세상이 어떤 세상인데 일도 안 하면서 월급을 받으려고 하세요?"

"이제까지 그랬어. 다른 곳도 다 그러잖아. 법인을 설립한 1세대, 2세대들은 대부분 그래."

"일을 안 하는데 어떻게 월급을 받아요."

당돌하게도 나는 아버지에게 이제 그만 원장 자리를 내놓으라고 했다. 아버지는 어이가 없었는지 우리와 같은 다른 법인의 예를 들며 지금의 운영에 아무런 문제가 없다고 했다. 그러나 내게 그 말은 '일은 그냥 3세대가 해. 너희는 지금 한창 일할 나이잖아. 1세대와 2세대들은 일하지 않고 월급 받아도 아무런 문제가 되지 않아'라는 뉘앙스로 들렸다. 이런 것을 아주 당연하다는 듯 관행처럼 말씀하시는 아버지를 설득하기 위해 꽤 오랜 시간 자주 아버지와 대화를 나눴다. 아버지는 이제 본인은 푸드뱅크 사업만 책임지며 편하게 월급 받으려고 하는데 왜 그것마저 못하게 하느냐고 나를 나무랐다. 나는 끈질기게 말했다. 지금은 세상이 많이 바뀌었노라고, 가족이 하는 사회사업이라면 모든 면에서 더욱 민감하게 받아들이고, 투명하게 운영해야 한다고. 제가 열심히 일할 테니 염려 마시라고, 법인의 대표이사로 든든하게 계셔만 달라고도 했다. 그러나 내가 아무리 이야기해도 아버지는 꿈쩍하지 않으셨다. 혹시나 하는 마음으로 아버지께 물었다.

"혹시 월급 때문에 그러세요?"

아버지는 조용히 고개만 끄덕끄덕했다.

"아빠, 월급 제가 드릴게요. 걱정 마세요."

그제서야 모든 의문이 풀렸다. 그 길로 활동가들과 머리를 맞대고 세상에서 가장 멋있는 퇴임식을 준비하기 시작했다. 당시 성매매 여성들은 자신들이 새로운 법에 대한 충분한 안내와 유예 기간 없이 생존권을 박탈당한 데 문제를 제기하며 국회 앞에서 천막 농성을 이어가고 있었다. 농성 중인 여성들에게서 새로운 법에 따라 새롭게 시작하고픈 딸내미의 야망에 두 손을 든 아버지의 모습이 겹쳐 보였다.

나는 그렇게 아버지의 생존권을 빼앗고 은성원의 원장이 되었다. 그리고 아버지가 돌아가시는 날까지 월급을 드리겠다던 약속을 성실하게 지켰다. 퇴임 이후 아버지는 푸드뱅크 사업에 더욱 열심이었는데 그마저도 2008년 12월을 끝으로 자치구로 넘기게 되었다.

엄밀히 말하면 푸드뱅크 사업은 여성복지시설에서 맡아야 하는 사업이 아니었다. 지역을 기반으로 복지사업을 하는 종합사회복지관이나 자치구가 맡아서 해야 하는 일이라는 생각은 지금도 변함이 없다. 아버지는 어떻게든 푸드뱅크 사업을 계속 이어가고 싶어 했지만, 이 또한 내게 져주었다. 복지사업을 양적으로 늘리기보다는 뺄셈을 통해 진정 우리가 해야 하는 일 한 가지를 하고자 했던 딸내미의 편을 들어준 것이다.

새로운 법과 제도는 안정적인 시설 운영을 할 수 있는 밑거름이 되었고, 이전에 없던 사회적 관심은 우리를 고양시키기에 충분했다. 그러나 한편으로 이와 같은 지원과 관심이 얼마나 지속될 수 있을지에 대한 의구심은 사라지지 않았다.

'과연 우리가 10년 후에도 이 일을 할 수 있을까?' 스스로에게 이런 질문을 자주 할 즈음 우리 조직의 상태를 체계적으로 진단받고 싶다는 생각을 했다. 우리 조직은 잘 굴러가고 있는 것일까? 오래오래 지치지 않고 일하기 위해 조직적 차원에서 무엇을 어떻게 준비해야 하는지 알고 싶었다. 요즘은 '브랜딩'이라고 부르는 그것이 당시에는 '컨설팅'으로 불렸다. 비영리 분야에서는 무척이나 생소했던 '조직 컨설팅'을 받기로 결정했다. 비용 면에서 꽤 부담스러웠지만 그래도 변화하고자 하는 우리의 열망을

이기지는 못했다. 생소했던 조직 컨설팅은 그야말로 조직의 민낯을 그대로 내보여야 하는 일이기도 했다. 컨설턴트를 중심으로 모든 구성원이 조직과 관련한 세세한 이야기들을 꺼내놓아야 했고, 더군다나 대표는 그 모든 것을 직접 듣고 컨설턴트와 해결책을 논의해야 했다.

그러나 구성원들이 모두 하나가 되어 여러 차례 대화를 나누다 보니 일에 대한 새로운 감각이 생겼다. 특히 '지금 우리에게 이런저런 어려운 점들이 있지만, 그래도 우리가 하는 일의 의미와 가치를 잊지 말자'는 이야기는 우리를 설레게 했고, 우리가 하나의 팀으로 단단히 뭉칠 수 있도록 도와줬다. 이 시기에 우리는 아마도 같은 꿈을 꾸었던 것 같다. 이윽고 우리는 우리의 오랜 소망을 실현할 수 있었다. 그것은 바로 기관명을 바꾸는 것이었다. 이제는 시혜적이고 온정적인 느낌을 주는 '은성원'이라는 이름을 뒤로하고 새로운 이름을 붙이고 싶었다. 우리에게 '복지'라는 프레임은 더 이상 우리의 관점과 지향을 대변해줄 수 없었다.

"윙 어때요?"

어느 날 사무실에서 장영숙 국장이 물었다. 느낌이 좋았다. 아무 의미 없는 스펠링의 조합이었지만 여기에 영혼을 불어넣어 의미 있는 이름을 만들어보기로 했다. 그렇게 'Women Initiative Networking Growing'이라는 뜻을 심었다.

2006년 1월에 시작한 컨설팅은 9월까지 지속되었다. 짧다면 짧고, 길다면 긴 시간 동안 가열 찬 토론은 끝도 없이 이어졌다. 컨설팅에서 우리가 얻은 결론은 여성들의 주도성initiative이었다. 새로운 개념과 만난 우리는 모든 것이 새롭게 시작되고 있다는 사실을 알아차렸다. 여성은 스스로가 정의한 주도적인 삶을 위해 정신적 힘과 경제력 능력을 갖춰야 하며, 그것이 제대로 실행될 수 있도록 옆에서 돕는 것이 우리의 역할이라는 결론에 다다랐다.

아울러 쉼터 중심 체제에서 여성들이 주도적으로 삶을 가꿀 수 있는 센터로 전환하는 계획을 세웠다. 컨설턴트는 우리에게 계속해서 질문을 던졌고, 우리는 숙고와 토론의 시간을 보냈다. 친구들을 찾아가 이야기를 나누고, 또다시 활동가들끼리 대화를 이어갔다. 기존 시혜적인 복지시설의 이미지를 벗어 던지려는 우리에게 필요한 건 비단 새로운 이름만이 아니었다. 친구들에 대한 우리의 인식과 태도 역시 점검해볼 필요가 있었다. 사회복지 영역에서 사용하는 용어가 너무 위계적인 것은 아닌지,

개인을 대상화하는 것은 아닌지에 대해 이야기를 나눴다. 친구들은 사회복지 용어들이 매우 불편하게 느껴졌노라고 토로했다.

"우리가 왜 '사례'예요? 우리가 물건이에요?"

"우리는 왜 '관리'받아야 하나요?

친구들은 우리에게 자신들이 '관리되고 있다'면서 윙이 자신들을 인격적인 존재가 아닌 단지 상담원이 관리해야 할 하나의 '사례'로 취급하고 있다는 느낌을 받는다고 했다. 친구들을 보호하고 배려한다고 생각했던 것들이 사실은 아니었던 것이다. 우리도 모르게 관성적으로 사용해온 사회복지의 언어들이 친구들에게는 마음의 상처로 남아 있었다. 언어는 존재의 집이라고 했던가. 우리는 이 모든 용어들을 폐기하기로 했다. 이런 용어가 아니어도 충분히 의미를 전달할 수 있을 테니까. 이때부터 우리는 윙에서 생활하는 여성들을 '친구들'이라고 불렀다. '여성들'이라고 호칭했을 때는 너와 나를 구분하는 듯한 거리감이 느껴졌는데 '친구들'이라고 부르니 한결 더 친근한 느낌이 들었다.

지금도 윙에서는 '사례관리'라는 용어를 사용하지 않는다. '사례관리'는 '코칭'으로, '사례회의'는 '비전토크'로 바꿔 말한다. '관리'라는 용어는 아예 금지어가 되었다.

　얼마 뒤 우리는 은성원의 중정에서 비전선포식을 열었다. '여성들의 주도성'이라는 개념과 함께 우리가 붙인 새로운 이름 '윙Wing'을 소개했고, 친구들은 폐기해야 할 사회복지 용어를 큼지막하게 쓴 종이를 찢어버리는 퍼포먼스를 했다.

　퍼포먼스의 여운은 길게 이어졌다. 우리는 누구인가? 활동가는 무엇을 하기 위해 이 자리에 있는가? 친구들은 어떻게 살기 위해 이곳에 왔는가? 이런 질문을 스스로에게 계속 던지면서 우리의 정체성을 확인했다. 우리는 '복지 서비스'라는 기능에 매몰되지 않고자 했고, 주도적인 여성으로 살아간다는 것의 의미를 잊지 않으려 애썼다. 그리고 '윙다운' 방식으로 우리만의 고유한 가치를 만들어가고자 했다.

1. 여성과 집

가족이라는 굴레

나에게 쉼터는 줄곧 가족을 보완하기 위해 만들어진 곳으로 느껴졌다. 늘 가족적인 분위기가 요구되었고, 가족 같은 곳을 기대하게 만들었다. 쉼터에는 아버지처럼 무서운 대표가 있었고, 엄마처럼 다정한 국장님 그리고 조건 없는 친절을 베푸는 활동가들이 있었다. 친구들은 사랑을 갈구하는 것처럼 끊임없이 활동가 주변을 맴돌았다. 활동가들도 친구들에게 넘치는 관심과 사랑을 주기 위해 부모 역할을 자임했고, 친구들은 그들의 자녀가 되어 유사가족의 형태를 갖춰가고 있었다.

　이러한 가족적 돌봄은 친구들의 상처를 감싸주면서

손상된 가족의 경험을 메꿔갔다. 그러나 주말에 집에 다녀오기라도 하면 어김없이 발작을 일으키듯 새로 시작하는 한 주를 엉망으로 만들기 일쑤였다. 원가족에게 받지 못한 사랑의 결핍과 상실감은 그렇게 시시때때로 친구들을 망쳐놓았다. 차라리 집에 가지 않으면 좋으련만 주말이 되면 꾸역꾸역 집을 찾는 친구들을 보면서 대체 가족이란 무엇인가 하는 답을 내릴 수 없는 질문을 하곤 했다.

처음에는 친구들이 웬만하면 다시 가족의 품으로 돌아갔으면 했다. 그토록 그리워했던 가족이었으니까. 그러나 점차 쉼터에서의 실무 경험이 쌓일수록 '가족으로의 복귀'에 회의적이 되었다. 자신의 딸을 직업소개소를 통해 다방에 넘긴 아버지도 있었고, 친아버지에게 성폭력을 당한 딸에게 '너만 모른 척하면 된다'며 윽박지르던 엄마도 있었다.

오빠와 의붓아버지에게 당하는 한편, 그래도 엄마니까, 같은 여자니까 내 편이 되어주리라 믿었던 엄마마저 등을 돌리는 현실에서 친구들이 어떻게 제정신을 붙들고 살 수 있었을지 생각만 해도 가슴이 무너졌다. 그럼에도 친구들은 가족에 대한 미련을 버리지 못했다. 그 미련을 어쩌지 못해 전전긍긍했던 친구들이었기에 뒷감당은 전적으로 쉼터의 활동가들의 몫이었다. 활동가들은 친구들의 상처가 덧나지 않도록 끊임없는 관심과 사랑을 퍼주었다.

미정이라는 조금 삐딱한 친구가 있었다. 나를 대하는 미정의 태도는 다른 친구들과 좀 달랐는데 늘 뭔가 못마땅하고 불편한 모습이었다. 쳐다보는 시선도 곱지 않았다. 내가 뭘 실수했나 아무리 생각해봐도 답을 찾기 어려웠다. 그러던 어느 날 우연찮게 미정과 대화할 기회가 생겼다. 그날따라 속 깊은 이야기를 나누었는데 미정이 그동안 왜 그렇게 나를 미워했는지 이유를 알게 되었다.

"대표님을 보면 우리 엄마가 생각났어요. 얼굴도 분위기도 우리 엄마랑 비슷한 구석이 많거든요. 우리 엄마는 왜 대표님처럼 일하는 여성이 되지 못했을까? 분명히 능력 있는 여성으로 일도 잘했을 텐데 말이죠. 왜 평생 알코올중독 아버지의 수발만 들었는지 몰라요. 그냥 대표님만 보면 짜증이 났어요. 언제나 당당하게 일하는 모습이 부러웠고, 우리 엄마가 생각났어요. 그래서 대표님을 미워했어요."

애증 덩어리 엄마의 모습을 나에게 투사했던 미정은 그날 이후 더 이상 나를 미워하지 않았다.

손상된 가정에서 충분한 사랑과 돌봄을 받지 못했다는 결핍감은 늘 친구들의 발목을 잡았다. 흔히 사람들은 현재 자신이 잘 살아가지 못하는 것이 과거의 어떤 문제 때문이라고 생각한다. 이처럼 과거의 결핍은 현재의 무기력에 대한 변명이 된다. 문제의 원인을 과거의 결핍에 두면서 현재의 삶을 끊임없이 유예한다. 현재에서 과거로 도피하며 그것을 받아주는 쉼터의 안온함에 빠지게 되는 것이다.

친구들은 어서 무언가를 시도하려고 하기보다 계속해서 쉼터에 머물고 싶어 했다. 늘 사랑을 갈구했고, 그 사랑에 활동가는 언제나 수위를 조절해 화답할 수밖에 없었다. 강도 높게 이야기하면 뛰쳐나갈까봐 조심해야 했고, 모성을 갖춘 엄마의 얼굴을 한 채 인자하고 자상한 사회복지사가 되어야 했다. 이런 상황에서 활동가들은 쉽게 지쳤다. 버티거나 떠나거나. 쉼터의 활동가는 그래서 더 힘들다.

초등학생인 두 딸을 집에 두고 나온 엄마가 있었다. 엄마가 집을 나간 이후 얼마 안 되어 아빠도 집을 나갔다. 나이 어린 두 딸이 서로 의지하며 빈집을 지키고 있을 때 아빠와 알고 지낸다는 작자가 집에 와서 큰딸에게 몹쓸

짓을 했다. 어찌어찌 자매는 주위의 도움으로 청소년 쉼터로 가게 되었고, 자매 중 언니인 은미가 우리 쉼터에 오게 되었다. 은미는 당시 고등학생의 나이였는데 사실 우리 쉼터는 성인 쉼터라 청소년이 입소할 수 없었다.

그러나 은미를 만나 그동안 동생과 살아온 이야기를 듣는데 이대로 보낼 수는 없다고 생각했다. 사회복지사로서 상담자와 내담자로 이야기를 나누는데 하염없이 눈물이 흘렀다. 은미의 아버지와 어머니가 원망스럽고 미워서 울었고, 그럼에도 아버지와 어머니를 사랑하고 그리워하는 은미의 마음이 읽혀 눈물을 멈출 수 없었다. 뭐라고 표현하기에도 아까울 만큼 총명하고 예뻤던 은미는 법인의 지원으로 우리 쉼터에서 함께 지내기로 했다. 만약에 윙이 국고지원금에 백퍼센트 의존하는 기관이었다면 그런 결정을 내리기 쉽지 않았을 것이다. 그러나 우리는 수익사업을 통해 직접 돈을 벌고 있지 않았던가.

그렇게 쉼터에서 함께 지내던 어느 날, 은미는 그토록 그리워하던 엄마를 만나게 되었다. 주말에 들뜬 마음으로 엄마를 만나러 쉼터를 나섰다. 그런데 그날 밤 은미는 어딘지 모르게 좋지 않은 낯빛을 하고 돌아왔다. 며칠 뒤 은미는 어렵게 말을 꺼냈다.

"엄마네 집에 갔는데 엄마가 재혼을 하셨더라구요. 갓난아이 남동생도 있어요. 엄마의 결혼식 비디오를 함께 보는데……" 은미는 미처 말을 마치기도 전에 눈물을 터뜨렸다. 나도 따라 같이 울었다. 그 마음이 어땠을지 말하지 않아도 가늠할 수 있었다. 이렇게 친구들은 가족 때문에 울고, 그러면서도 가족을 그리워했다. 미워하고 다시 그리워하는 일을 지겹다면서도 계속 반복했다. 가족이라는 굴레에서 자유로운 사람이 과연 얼마나 될까. 우리가 모성의 신화에 기대는 가족적 배치를 요구하는 쉼터 생활을 경계했던 것은 바로 그 때문이다. 친구들의 원가족은 어쩔 수 없어도 쉼터 안에서의 가족적 배치라도 바꿔보고자 노력한 이유다.

누구에게나 결핍은 있다. 우리는 뭔가 부족하다 싶으면 일단 채워넣어야 한다고 생각한다. 그러나 결핍이 있다고 해서 반드시 그 결핍을 채워야만 하는 걸까? 가족의 결핍을 쉼터에서의 유사가족으로 대체한다고 해서 결핍감이 사라지는 것은 아니다. 우리에게 절실히 필요한 것은 가족이 아닌 새로운 관계의 확장이다.

1 여성과 집

다양한 주거권의 실험

새로운 주거권에 대한 우리의 고민과 실험은 계속되었다. 아무리 소규모 쉼터라 해도, 아무리 '가정 같은' 쉼터라 해도 쉼터는 쉼터였다. 친구들은 쉼터 밖에만 나가면 투명인간이 되었다. 쉼터에서 그토록 다정하게 지내면서도 밖에서는 서로 모르는 사람처럼 굴었다. 남자친구가 집까지 바래다주고 싶어 해도 거절해야 하는 마음은 어땠을까. 학원에 가서 친구를 사귀어도 집이 어디냐는 물음에 얼음이 되고 마는 친구들을 보면서 쉼터 외의 다양한 주거를 누릴 권리가 필요하다는 것을 절감했다.

사회적 자원이 없는 여성들에게 집은 어떤 의미일

까? 하나부터 열까지 돌봐주는 사회복지사의 손길은 언제까지 필요한 걸까? 온전한 나의 집을 소유하는 것이 정말 가능한 일이긴 할까? 질문이 솟구쳤다. 그렇게 다양한 주거권의 가능성이 열리기 시작했다.

'그룹홈 아이엔지ing'는 쉼터와 집의 특성이 공존하는 주거 형태라 할 수 있다. 전통적인 의미의 쉼터 외에 그 이상의 쉼터가 필요하다는 현장의 요청에 여성부는 즉각 도움을 주었다. 그렇게 신길역 앞의 대단지 아파트 중 하나가 윙의 그룹홈으로 선정되었다. 우리는 그룹홈의 이름을 '아이엔지'로 정했다. 우리의 프로젝트가 여전히 현재진행형임을 강조하고 싶었기 때문이다.

아이엔지에는 한 명의 사회복지사가 함께 거주했다. 우리 친구들끼리 살아가기에는 무리가 있다고 판단했는지 여성부에서는 '사회복지사 한 명 상주'를 원칙으로 내세웠다. 다양한 주거를 실험해보는 것이니 그 정도 원칙은 괜찮겠다 싶었다. 그러나 관리 감독 주체인 서울시는 급여의 70퍼센트를 저축하고 그에 대한 증빙을 제출해야만 생활비를 지급하겠다는 전제조건을 추가로 제시했다.

윙은 여기에 반대하고 나섰다. 차라리 생활비를 받지 않겠다고 했다. 쉼터에서 어느 정도 자립한 친구들이 직장을 다니며 그룹홈에 사는 것이니 생활비는 각출해서 충당해도 될 일이었다. 오히려 그렇게 생활비를 부담하는 편이 훨씬 나았다. 언제까지 국가의 지원으로 생활할 것인가. 그러나 각자 받는 급여의 70퍼센트를 저축해야 한다는, 그것도 그에 대한 증빙 자료를 제출하라는 요구 사항에는 동의할 수 없었다. 친구들의 소득 수준과 생활 방식과 규모는 모두 다르다. 그런 이들에게 일률적으로 소득의 거의 대부분을 '몰빵'해 저축하라는 것은 오늘의 일상을 포기하라는 말과 같.

손에 잘 잡히지도 않는 먼 훗날의 미래를 위해 무조건 저축하라는 요구에 우리는 분개했고, 단호히 거부했다. 친구들은 각자의 계획과 저마다의 방식으로 삶을 꾸려가고 있다. 왜 모두가 똑같은 방식으로 현재의 삶을 저당잡혀야 하는가? 우리는 그냥 보고만 있을 수 없었다. 지자체와의 지난한 토론의 과정을 거치면서 결국 생활비를 지원받지 않기로 결정했다. 따라서 급여의 70퍼센트를 저축해야 하는 단서 조항도 당연히 지키지 않아도 되었다. 우리에게 아닌 것은 아니라고 말할 수 있는 용기와 거절할 수 있는 힘이 생긴 순간이었다.

이어서 진행한 주거 실험은 독립형 그룹홈 더블유w

였다. 이곳에는 우리의 바람대로 사회복지사가 상주하지 않았다. 서울시 SH공사에서는 다양한 임대주택을 보유하고 있었다. 예전에는 임대아파트가 대단지로 구성되어 있었는데 그런 식의 구획이 어려운 사람들에 대한 또 다른 사회적 낙인이 되기도 했다. 차츰 동네의 다세대 주택들을 매입해 임대주택으로 전환하기 시작했는데, 익명성을 보장받으면서도 주거 지원을 받을 수 있게 된 것이다. 한 명 혹은 두 명이 살아가는 다세대 임대주택은 동네 어디서나 흔히 볼 수 있는 평범한 집이었다. 그런 곳에서 일상을 꾸릴 수 있다는 사실이 얼마나 반가웠는지 모른다. 그러나 친구들의 삶은 딱히 변하지 않았다.

'쉼터만 아니라면……'

'친구들의 과거가 드러나지 않는다면……'

'사회복지사가 상주하지 않는 집이라면……'

그동안 우리는 이런 생각에 붙들려 있었다. 쉼터가 아닌 보통의 집에서 스스로 모든 것을 해나가는 자주적인 삶을 소망하며 여기까지 왔다. 그런데 정작 우리가 원하는 대로 모든 조건이 갖춰졌음에도 삶은 크게 달라지지 않았다. 오히려 '친구들이 아직 쉼터의 보호를 받아야 하는 것은 아닐까?' '어쩌면 사회복지사의 거주가 아주 무

쓸모한 일은 아니었구나'라는 생각마저 들었다. 친구들은 일상을 살아가는 데 여전히 어려움을 겪었다. 자신을 위해 밥상을 차릴 줄도 몰랐고, 함께 사는 친구와의 갈등 상황에 대처하지 못해 활동가가 투입되곤 했다. 쉼터처럼 곁에서 돌봐주는 사람이 없으니 직장에 지각하거나 결근하는 일도 잦았다.

그렇게 우리는 독립형 그룹홈 더블유와의 짧은 계약 기간을 종료했다. 다양한 주거를 실험할 수 있는 계기였다고 스스로를 다잡았지만 마음 한편에는 여전히 씁쓸함이 남았다. 살아간다는 것은 무엇일까? 그것은 어떤 물리적인 공간에 머무는 것만을 뜻하는 것은 아니리라. 어쩌면 그보다 더 절실한 것은 그 공간을 어떤 관계로 채우고, 그 속에서 어떻게 살아갈 것인가를 묻는 일일지도 모르겠다. 다양한 주거권을 확보하는 일에 대한 고민은 숙제처럼 계속 우리 곁을 맴돌았다.

따로, 또 같이 살아가는 집

2008년, '성매매 근절을 위한 한소리회' 주최로 미국 연수를 가게 되었다. 도착한 지 며칠이 지난 어느 날 활동가에게서 메일이 왔다. 서울시 SH공사에서 동작구의 빌라 한 동 전체를 임대주택으로 계약하자는 연락을 받았다고 했다. 호스텔의 로비 구석에 있는 공용 컴퓨터로 메일을 읽는데 가슴이 막 두근거렸다. '빌라 한 채가 통째로 있으면 좋겠다'고 그렇게 말해왔는데 그 꿈에 한 발 다가선 것 같았다. '우리가 이렇게 큰 규모의 빌라 전체를 운영할 수 있을까⋯⋯' 활동가는 잔뜩 걱정하고 있는 듯했다. 나는 바로 답장을 보냈다. '그거 우리가 해야 해요!'

1. 여성과 집

당시 SH공사가 어떤 경로로 우리에게 임대주택을 제안했는지 확인할 길은 없다. 그러나 그때까지 우리는 기회가 주어질 때마다, 자리가 있을 때마다 다양한 주거권의 필요성에 대해 꾸준히 설파하고 다녔다. 선택할 수 있는 주거 형태가 오직 딱 한 곳 쉼터밖에 없다면 얼마나 절망적이겠는가. 변화하는 시대에 맞춰 알맞은 주거권을 새롭게 구축해야 한다는 게 당시 나의 생각이었다.

나는 이미 만들어져 있는 것들에 눈을 돌려보자고 제안했다. 그즈음 정부의 임대주택 공급 정책도 대규모 아파트 단지를 세우는 것에서 동네 곳곳의 다세대 주택을 조용히 매입하는 것으로 바뀌고 있었다. 혹은 공매로 나온 모텔이나 비어 있는 공공 건물도 고려해봄직했다. 주거 공간으로 바꿀 수 있는 기존의 모든 공간을 활용하자고 이야기했다.

서울에 돌아온 나는 본격적으로 계약을 추진해나갔다. 상도동에 위치한 빌라 한 동이었다. 총 3층짜리 빌라로, 3층이 50평 정도 되는 규모였다. 그 평수를 반으로 나눈 1층과 2층은 2세대를 수용할 수 있었고, 반지하는 3세대를 수용할 수 있었다. 반지하 3세대는 혼자 또는 둘이 살 수 있도록 했고, 방 세 칸이 딸린 1층과 2층은 하우스메이트 개념으로 셋이 각각의 방을 소유하고 거실과 주방, 화장실을 공유하도록 했다. 3층은 워낙 넓은 평수여서 입주자들 모두의 공용 공간으로 남겨놓았다. 방은 제각기 크기가 달랐다. 우리는 각 방의 크기와 채광 정도에 따라 월 임대료를 정했다. 8만 원, 9만 원, 11만 원 등 다양했고, 반지하는 14만 원과 16만 원으로 책정된 임대료를 12년간 단 한 번도 인상하지 않았다.

다행히 빌라의 리모델링은 SH공사에서 맡아서 해주었다. 우리는 그동안 매장 운영을 하면서 적립해두었던 수익금과 후원금을 털어 냉장고와 세탁기, 가스레인지, 전기밥솥 등을 구입해 각 세대별로 비치했다. 석 달 정도의 공사 기간을 거쳐 드디어 우리만의 집을 얻었다. 관련 단체에 공문을 보내 쉼터 이후의 주거 공간이 필요한 친구들에게 홍보해줄 것을 부탁했다. 예상대로 관련 단체와 친구들은 많은 관심을 보였다.

드디어 입주설명회를 하는 날이 왔다. 얼마나 설레이며 준비했는지 모른다. 모두가 기대에 찬 눈망울로 집중했던 그 순간이 아직도 선명하다. 우리는 거기서 자립을 향한 열망을 읽었다. 그 열망이 좌절되지 않도록 최선을 다해야겠다고 마음속으로 수도 없이 다짐했다.

그렇게 셰어하우스 '상도동 우리집'이 만들어졌다. 셰어하우스의 운영 기준을 만들기 위해 수많은 회의와 긴 긴 숙고의 시간을 가졌다. 우리들이 중요하게 생각했던 운영 기준은 '규칙을 만들지 말자'는 것이었다. 그동안 쉼터 운영을 하면서 가장 많이 했던 말이 '이건 이래서 안 되고, 저건 저래서 하지 말아야 한다'였다. 친구들이 더 이상 쉼터의 보호를 받는 존재가 아니었기에 세세한 규칙을 두는 것이 불필요하다고 여겼다.

대신 우리는 처음 시도하는 셰어하우스의 가장 중요한 약속으로 '제때 임대료 납부하기'를 제안했다. 그동안 쉼터에서는 하나부터 열까지 모든 것이 제공되었고 친구들은 그것을 아주 당연하게 생각하고 있었다. 그래서 자신이 직접 무언가를 부담해야 하는 상황이 생기면 몹시 난처해했다. 그런데 언제까지 그런 '무상 제공'의 삶을 살수 있을까? 우리는 자신이 번 돈으로 정해진 날짜에 월 임대료를 납부하는 것을 자립의 출발점으로 삼았다. 그렇게 우리는 쉼터가 아닌 자신의 방에서 각자가 정의한 자립의 길을 떠났다.

애초 상도동 우리집은 입소 자격을 탈성매매 여성으로 제한하지 않았다. 쉼터는 근거 법률에 따라 거주 대상자가 탈성매매 여성으로 정해졌지만, 상도동 우리집은 국가의 지원 없이 법인이 직접 SH공사와 계약을 체결해 추진하는 주거 지원 사업이었기에 거주 대상자를 우리가 정할 수 있었다. 입소 자격을 '주거 공간이 절실한 여성'으로 넓게 두었던 건 그간의 경험을 통해 깨달은 바가 있었기 때문이다. 한때는 우리도 '특성'을 강조하면서 청소년과 성인의 쉼터를 구분해야 한다고 주장한 적이 있었다. 그런데 쉼터는 물론이고 10대들과 일을 하다 보니 우리의 생각이 매우 편협했다는 것을 알게 되었다.

살아간다는 것은 수많은 관계를 횡단하는 일이다. 어떤 사람을 '가출 청소년' '탈성매매 여성' 등으로 손쉽게 묶고 분류하는 것은 그 사람의 개별적인 고유함을 말소시키는 일이다. 그건 결국 그들을 낙인이라는 유리 감옥 안에 가두는 일이기도 하다. 밖에서 보기에는 감옥이 아닌 쉼터이지만, 정작 안에서는 밖으로 나갈 수 없는 유리 감옥 말이다.

우리는 다양한 연령대가 한데 모여 만들어내는 의미 있는 시너지가 얼마나 아름다운지 상도동 우리집에서 꼭 보고 싶었다. 그 결과 탈성매매 여성을 비롯해 성폭력·가정폭력 피해여성과 싱글맘, 이주여성, 10대 위기청소년

등 젊은 층부터 60대까지 세대를 불문하고 다양한 구성원들이 모였다. 모두 자기만의 방이 필요한 여성들이었다.

우리가 임대료 제때 납부하기만큼 중요하게 생각했던 약속이 하나 더 있었다. 바로 '반상회 참석하기'였다. 표면적으로 우리가 내세운 약속은 이렇게 단 두 가지뿐이었다. 하지만 매달 한 번씩 모두가 반상회에 참석한다는 것은 생각보다 쉬운 일이 아니었다. 입주자들이 바쁜 직장일을 핑계로 불참하는 게 다반사였다. 그래서 우리는 좀 더 강력한 방안을 마련했다. 1년간 총 3회 이상 반상회를 불참할 경우 재계약이 어렵다는 조건을 내건 것이다. 동시에 우리는 무엇보다 시간을 내는 방법에 대한 이야기를 많이 나누었다. 본디 시간은 마음이 움직여서 만들어지는 것이다.

우리는 친구들이 반상회에 참석하고 싶은 마음이 들도록 정성을 다했다. 일에 지쳐 피곤한 몸을 이끌고 돌아왔을 때 따뜻한 밥과 국을 함께 먹으며 몸과 마음이 말랑말랑해지게끔 맛있는 저녁을 준비해놓았다. 그리고 생활에 도움이 되는 것으로 함께 배울 만한 프로그램을 마련했다. 수지침을 놓고, 요가를 하고, 이런저런 만들기를 하고, 인문학 강의를 듣기도 했다. 어떻게 해서라도 한 달에 한 번은 거주자들이 모두 모여 얼굴을 맞대고 밥을 먹으며 살아가는 이야기를 나누어야 한다고 생각했다. 어찌 보면 너무나 흔한 동네 사람들의 일상일 수도 있지만, 상도동 우리집의 입주자들에게는 전에 없었던 삶의 풍경이었다. 이런 일상이 친구들의 일상으로 자연스레 스며들기까지 꽤 많은 시간이 걸렸다.

간혹 관련 단체의 활동가가 상도동 우리집에 거주할 친구들과 함께 방문할 때가 있었다. 그럴 때면 공실인 방을 보여주고, 함께 살아갈 하우스메이트들도 만나고, 셰어하우스에 관한 이런저런 이야기를 나눴다. 어느 날엔가는 한 활동가가 방을 둘러보고 나가면서 혼잣말을 했다.

'휴…… 나 사는 집보다 훨씬 좋다……'

그때 생각했다. 주거권 확보가 단지 우리만의 문제가 아닐 수 있겠다는 것을. 그즈음 언론에서는 청년들의 열악한 주거 현황에 대한 기사가 쏟아지고 있었다. 청년유니온이라는 청년단체도 만났다. 안전하고 쾌적한 주거란 결국 모두에게 필요한 기본권 아닐까. 우리는 회의에서 다시 한번 우리가 정한 입주 대상자의 폭을 좀 더 넓혀보자는 이야기를 나누었다. 어쩌면 우리가 강조하는 규칙을 통해 주입받는 것보다 동시대의 비슷한 또래들과 함께 살면서 체화하는 편이 훨씬 더 좋지 않을까 싶었다. 그렇게 청년유니온의 대표가 상도동 우리집에 입주했고, 이어서 관련 단체의 활동가들도 입주했다.

우리의 생각은 빗나가지 않았다. 함께하는 반상회도 화기애애했고, 논의하는 주제도 깊어졌다. 여러 사회적 이슈에도 꾸준히 관심을 기울였다. 선거철을 앞두고는 이번 선거가 왜 중요한가에 대한 이야기를 나누고, 세월호 때는 반상회에서 각출해 모은 돈으로 추모 메시지를 담은 현수막을 제작해 집 앞에 걸기도 했다. 동네에 사는 풀뿌리 주민자치 활동가 덕분에 지렁이를 퇴비로 키우며 텃밭을 일궈가는 재미도 알게 되었다.

안전하고 쾌적한 공간에서 단정하고 아름답게 삶을 가꿔가는 친구들을 보면서 쉼터 생활이 아주 잠깐에 그쳐야 한다는 것을 다시금 느낄 수 있었다. 각자의 방식을 존중하면서도 서로에게 기대는 것이야말로 우리가 꿈꾸던 삶이었다. 각자 생활력이 붙으니 다툼과 불화조차 스스로 해결해내는 힘이 생겼다.

맨얼굴로 만난 복지

우리는 그렇게 상도동 우리집에서 아웅다웅 살아갔다. 그러나 우리의 약속인 제때 임대료 납부하기는 도통 잘 지켜지지 않았다. 아예 처음부터 제 날짜에 임대료를 내지 않는 입주자들이 적지 않았다. 납부일을 하루 이틀 넘기는 것은 예삿일이었고, 몇 주를 넘기는 경우도 허다했다. 담당 활동가는 초조해했다. 그렇다고 입주자들에게 독촉도 하지 못했다. 그중에는 그렇게 몇 달을 끌다가 어린아이를 데리고 야밤에 도주한 싱글맘도 있었다. 그 모든 상황을 우리가 만든 것 같아서 가슴이 아팠다. 우리가 주저하는 동안 그녀는 아이와 함께 얼마나 마음을 졸였을까.

우리는 내부적으로 임대료 납부에 관해 단호한 입장을 취해야겠다고 마음을 모았다. 그것이 우리 입주자들을 살리는 길이자 자립할 수 있도록 돕는 길이라고 생각했다. 어느 누가 제 날짜에 임대료를 내지 않고 살아갈 수 있단 말인가. 그렇게 할 수 있도록 우리가 도와줘야 한다고 믿었다. 그러나 임대료 납부를 독촉하면 친구들에게서는 대뜸 이런 대답이 돌아왔다.

"여기 사회복지법인 아니에요?"

"무슨 복지기관에서 이렇게 돈을 밝혀요?"

어느 날 담당 활동가는 나에게 하소연을 했다.

"대표님, 저는 사회복지사로 윙에 들어왔는데 제 자신이 꼭 스크루지 영감 같아요……"

"선생님, 우리가 그 역할을 해야 해요. 그것이 자립의 첫걸음이에요. 어느 누가 제때 임대료를 내지 않고 살 수 있어요?"

서로에게 너무도 힘든 시간이었다. 담당 활동가는 활동가대로 임대료를 제 날짜에 낼 수 있도록 기분 상하지 않게 이야기하는 방법을 짜내느라 고심했고, 대표는 대표대로 제 날짜에 받아내라고 성화였다. 그때의 우리는 절실했다. 친구들이 떳떳한 노동의 대가로 월 임대료를 납부할 수 있도록 돕는 것이 우리의 역할이라 믿었다. 바로 그것이 웡의 신념이었다. 그렇게 임대료 전쟁이 계속되던 어느 날 오후, 조용한 사무실에서 갑자기 큰소리가 났다.

"여러분, 드디어 상도동 우리집 입주자들이 한 사람도 빠짐없이 제 날짜에 임대료를 납부했어요!"

담당 활동가의 목소리는 떨리고 있었다. 사무실의 우리들은 너나 할 것 없이 박수를 치며 좋아했다. 고개를 들어 책상 위에 놓인 달력을 봤다. 상도동 우리집을 시작한 지 1년이 넘어가고 있었다. 입주자 모두가 제때 임대료를 내기까지 1년이라는 시간이 걸린 것이다. 보이지 않는 전쟁을 치르고 맞이한 감동의 순간이기에 더욱 기뻤다. 그 1년을 어떻게 보냈는지 지금 생각해도 까마득하기만 하다. 그때부터는 임대료와 관련한 별다른 문제가 발생하지 않았다. 문제는 전혀 예상치 못한 곳에서 터졌다.

한 친구가 있었다. 현재 일하고 있는 상태가 아닌데 임대료를 제 날짜에 꼬박꼬박 납부했다. 그리고 먹고사는 데도 지장이 없어 보였다. 나는 그 친구를 만나기 위해 상도동 우리집으로 갔다. 대화를 나눠보니 상담소에서 보내주는 쌀로 끼니를 해결하고 있었고, 임대료와 생활비는 남자친구가 대신 내주고 있었다.

"그거…… 성매매나 다름없어요. 남자친구가 왜 임대료를 내주나요? 그러면 남자친구를 만날 때 본인이 원하지 않는 경우에도 어쩔 수 없이 잠자리를 하게 되잖아요. 내가 받은 게 있으니까. 윙이 어떤 곳인지 몰라서 그래요?"

참 매정하게도 말했다. 대놓고 성매매라니. 눈물 콧물이 쏙 빠질 만큼 이야기했다. 사무실로 돌아와서 그런 상황에 대해 활동가들과 이야기를 나누었다. 그리고 우리는 바로 상도동 우리집의 약속에 다음과 같은 문구를 하나 더 추가했다. '본인이 직접 일을 해서 번 돈으로 임대료를 낼 것.'

그렇게 또 하나를 배웠다. 살아간다는 것은 얼마나 복잡하고 어려운 일인가. 쉼터 말고 안전하고 쾌적한 나만의 공간에서 자유롭게 살아갈 수 있다면 문제될 게 없을 줄 알았다. 반상회도 잘 진행되나 싶었지만 그게 끝이 아니었다. 우리의 고민은 '진짜 반상회'를 하는 것이었다. 언제까지 활동가들이 반상회를 주도할 것인가. 언제까지 푸짐한 밥상과 프로그램만으로 입주자들의 환심을 살 것인가.

이제 각자의 집을 오픈해 서로가 돌아가면서 반상회를 할 때가 온 것이다. 조금씩 그런 이야기를 꺼내자 입주자들이 움직이기 시작했다. 반상회를 할 때마다 나는 뭔가 작은 먹을 것 하나라도 선물로 준비해 가는 것을 강조했다. 이제는 모두 그 정도 예의는 갖추었다. 그 영향으로 집집마다 반상회를 할 때도 소박하게나마 먹을거리를 준비할 수 있었다.

지하 102호에서 처음으로 열린 반상회 날의 풍경은 아직도 선명하다. 입주자가 자신의 집에서 연 진짜 반상회. 그때 주인장이 준비한 음식은 김치볶음밥이었다. 밥상도 없고, 그릇도 부족하다고 툴툴대는 주인장을 위해 윙에서는 식기를 슬쩍 공수해 보냈다. 스스로의 힘으로 살아가는 다른 입주자들을 위해 난생처음 김치볶음밥을 만들어 대접한 친구는 얼굴에 홍조를 띠면서 부끄러워했지만 나중에 말해주었다. 누군가를 위해 내 공간을 청소하고, 음식을 준비하고, 대접하는 것이 이토록 뿌듯한 일인 줄 몰랐다고.

그 이후로 각자의 집에서 돌아가며 반상회를 열었다. 어느 날은 김치부침개를 해서 같이 먹었고, 어느 날은 퇴근하면서 사 온 치킨과 만두를 먹었다. 또 어느 날은 직접 준비한 비빔밥을 먹었다. 바빠서 배달 음식으로 대신한 날도 있었지만 그건 중요하지 않았다. 함께 사는 사람들

1. 여성과 집

을 위해 자신의 시간을 만들고, 지갑을 열고, 몸소 그것을 준비한 그 자체로 충분한 것이다. 이런 경험은 입주자들에게 더욱 특별하게 다가왔다.

나의 경험, 나의 슬픔에 매몰되어 자기 연민으로 삶을 이끌었던 사람들은 타인에게 관심을 보이지 않는다. 오직 자신만을 바라보기 때문에 그럴 여유가 없다. 그런데 이제는 누군가를 위해 기꺼이 몸을 움직이고 돈을 쓸 만큼 삶의 여유가 생겼구나 싶어서 그렇게 기쁠 수가 없었다. 이런 소소한 일상의 경험들이 쌓인다면 삶이 얼마나 풍요로워질까. 우리는 그런 것들을 기대했다. 일상의 작은 행복.

상도동 우리집에 사는 내내 자신의 삶을 가꾸지도 않고 주위를 돌아보지도 않으며 악착같이 돈을 모아서 더 넓은 공간으로 이사하는 것이 지상 목표가 되어서는 안 된다고 강조했다. 나를 돌보고 주위도 돌아보며 그렇게 관계를 만들고 가꾸면서 사람들과 함께 살아가는 방법을 친구들이 배우고 실천했으면 했다.

다양한 입주자들이 들어오고 나가기를 반복하는 동안 상도동 우리집은 어느새 12년의 세월을 맞게 되었다. 빌라는 점점 낡고 여기저기 손봐야 할 곳이 늘어갔다. 그

사이 SH공사의 운영 방침도 바뀌어 보증금에 준하는 이자를 매월 납부하기 시작했다. 그뿐만 아니라 1~2억의 보증금제로 계약 조건을 전환해야 한다는 요청을 받기도 했다. 그렇게 큰 목돈도 없었을뿐더러 더 이상 쾌적한 주거 환경을 제공하지 못한다는 자괴감이 우리를 압박해왔다. 우리는 상도동 우리집과 이별해야 하는 순간이 다가왔음을 인정해야 했다.

그동안 쉼터를 통해 배웠던 것들을 새로운 주거 공간인 셰어하우스에서 맘껏 적용하며 우리의 실험을 확장해볼 수 있었다. 제도에는 한계가 있지만 그렇다고 우리의 상상력과 새로운 시도에까지 한계가 있는 것은 아니었다. 주거권은 자립의 가장 기본적인 조건이다. 그러나 그 권리는 처음부터 당연하게 주어지는 것이 아니었다. 우리는 수도 없이 좌절하고, 토론하고, 설득해가는 과정을 함께하며 지난한 시간을 통과했다.

상도동 우리집이 걸어온 지난 12년의 세월은 우리의 소중한 주거권에 걸맞은 권리를 몸소 배우며 채워나갔던 시간이었다. 대략 백 년 전 버지니아 울프는《자기만의 방》에서 여성이 글을 쓰기 위해서는 자기만의 방과 연간 5백 파운드의 돈이 있어야 한다고 말했다. 상도동 우리집

1. 여성과 집

은 친구들에게 '자기만의 방'이었을까? 이곳을 거쳐 간 친구들의 얼굴을 하나씩 떠올려본다.

쉼터를 떠나며

지독한 우울을 감추기 위해 과장된 행동을 하는 은지, 명랑하지만 더 이상 깊은 교감을 기대하기 어려운 혜정과 눈을 맞추고 대화를 나누기 어려울 정도로 위축된 경미가 있다. 이들에게는 모든 것이 귀찮고 무기력하기만 하다. '신체적 피로감'이 언제나 그들을 둘러싸고 있다. '나는 할 줄 아는 게 아무것도 없어'라는 태도로 자신을 개시하며 스스로를 무능력한 존재로 규정한다. 쉼터의 모든 친구들이 그런 것은 아니지만 이런 모습은 쉼터에서 너무나 흔히 발견된다.

    무조건적인 사랑과 사명감이 전제되는 복지 현장, 연

민과 동정이라는 마취제를 필요로 하는 쉼터. 이런 환경 속에서 친구들이 가진 문제는 전부 가족에 대한 결핍으로 환원되었다. 어릴 적 받아보지 못한 엄마의 사랑과 가정의 소중함을 쉼터에서의 유사가족이 충족시켜주어야 했다. 그래서 친구들은 쉼터가 가족적 배치로 고정되길 원한다. 각종 치유(체험) 프로그램과 자격증 취득에 집중하지만 정작 실생활에 활용할 엄두는 내지 못한다.

성매매 피해여성이 쉼터 안에 있는 한 아무것도 문제가 되지 않는다. 오히려 '피해자'로 규정되어 많은 지원과 권리를 부여받을 수 있었다. 그러나 쉼터 밖으로 나갈 때 친구들은 모든 면에서 문제적인 존재가 되었고, 사회적 낙인, 경제적 고립 등 갖은 어려움을 겪었다. 성매매 업소 안에서 한정된 사람들과 관계를 맺는 데 익숙했던 친구들은 쉼터에서조차 한정된 사람들과 관계를 맺으며 점점 더 비가시적인 존재가 되어갔다. 결국 우리가 보호라는 미명 하에 친구들을 배제하고 있는 것은 아닌지 자문할 수밖에 없었다.

생각해보면 쉼터와 자활지원센터는 태생적으로 모순적 관계에 있다. 쉼터가 '피해자'라는 정체성에 초점을 두는 곳이라면, 자활지원센터에서 중요한 것은 다름 아닌 주체적으로 살아가는 태도다. 쉼터 자체가 굳이 일을 하지 않아도 살아갈 수 있는 보호 시스템으로 작동하다 보니, 자활지원센터에서 조금이라도 힘든 일을 하게 되면 직업훈련과 쉼이 필요하다는 이유를 대고 쉼터로 돌아가 버리는 상황이 종종 발생했다. 당시 쉼터와 자활지원센터를 한 공간 안에 두고 있던 윙은 이 지점을 좀 더 섬세하게 감지할 수 있었다.

우리는 친구들의 신체를 우울하고 무기력하게 만든 배후의 폭력에 대해 알 필요가 있다고 판단했다. 강고한 성산업의 메커니즘도 돌파해야 했다. 누구나 살아가면서 상처나 피해를 입을 수 있지만, 그것이 오랜 시간 자기 정체성의 큰 부분을 차지하는 것은 존엄성의 측면에서 결코 바람직하지 않다. 자활에 대한 관점도 바꿔야 했다. 쉼과 치유를 위해 삶의 일정 기간을 떼어놓고 그것을 완료했을 때 자활을 시작할 수 있는 것이 아니다.

삶은 그렇게 단순하지 않다. 쉼과 치유 그리고 자활은 서로 맞물려 있다. 일을 통해 자신의 존재와 잠재적 능력을 확인하면서 직접 돈을 벌고, 사회적 연대와 관계망을 확장해가며 배우는 과정이야말로 그 어떤 치유 프로그램보다 중요하다. 이런 것들이 여성의 삶에 지대한 영향을 끼친다는 것을 지금까지의 경험을 통해 배웠다. 쉼터는 여성들을 보호해주었지만, 살아가는 방법까지 알려주지는 못했다.

우울하고 부정적인 정서는 즐겁고 긍정적인 정서보다 더욱 빠르게 전염된다. 쉼터에서 보낸 모든 하루하루가 충분히 의미 있었지만, 그렇다고 그날들이 모두 행복했던 건 아니었다. 쉼터의 친구들이 즐거우면 활동가인 우리도 즐거웠고, 친구들이 분노하는 일에는 함께 분노하며 울었다. 쉼터의 변혁이 절대적으로 필요한 시점에 우리 쉼터 운영을 종결하기로 했다.

그동안 우리는 쉼터를 바꿔보고자 많은 노력을 해왔지만, 쉼터 내부의 복합적인 문제 상황들은 어느 한 쉼터가 바뀐다고 해결될 사안이 아니었다. 친구들은 당장의 쉼터가 마음에 들지 않으면 언제든지 쉼터를 떠나 다른 쉼터로 이동했고, 우리는 이를 '쉼터체제'로 명명했다. 그렇다고 모든 쉼터가 무용하다는 말은 아니다. 긴급한 주거 지원과 쉼, 회복의 시간은 어려움에 처한 여성들에게 무엇보다 절실하다.

윙은 쉼터에서 비롯되었다. 한국전쟁 직후 남겨진 아이들과 어머니들을 위해 당장 시급한 주거 지원을 했고,

산업화 시기에는 일을 찾아 서울로 올라오는 나이 어린 여성들을 위해 안전한 주거 공간을 제공했다. 홀로 출산해야 하는 여성, 집을 나온 여성, 성매매의 공간에서 벗어나려는 여성들에 이르기까지 시대가 요청하는 복지사업은 언제나 쉼터를 중심으로 이뤄졌다. 먹고살기 어려웠던 시절에는 그 무엇보다 '숙식 해결'이 중요했지만 이제 더 이상 그런 시대가 아니었다. 주거의 형태와 종류도 다양해졌고, 복지 현장에서 고려해야 할 의제들도 여럿 부상하고 있었다. 세상이 변해가는데 기존의 방식을 고수하며 지속하는 것이 과연 좋은 선택인지 의문이 들었다.

우리는 친구들의 눈빛과 몸짓이 전달하는 메시지를 읽을 수 있었다. 그 간절한 메시지에 겨우 생존을 유지하는 삶이 아닌 다른 가능성으로 꿈틀대는 삶을 살아보자고 답신을 보냈다. 그렇게 우리는 쉼터를 떠났다. 2011년 8월의 일이었다.

2

여성과 공부

윙은 그런 곳이었다.
배움에 한계와 차별을 두지 않는 곳.

한계 없는 배움을 꿈꾸며

전쟁이 끝난 후 어떻게든 살아가고자 모인 어머니들에게 가장 필요했던 것은 무엇이었을까? 데레사원에서 숙식과 아이들 교육은 해결할 수 있었지만 거주 기한이 있었으므로 어머니들은 시설 생활 이후 삶의 방안을 마련해야만 했다. 그야말로 먹고살기 위한 최소한의 기술이 필요했을 것이다. 가장 손쉽게 시작할 수 있었던 교육은 미용·이용 교육이었다. 특히 미용교육은 당대를 대표하던 직업훈련이었다.

쫴 오랜 시간 지속되던 교육은 2000년대에 접어들며 내부 교육의 한계와 줄어든 수요로 자연스럽게 축소되었다. 그만큼 친구들은 미용교육 이외의 다양한 교육에 대한 욕구가 높았으며 시설 내부가 아닌 외부의 교육기관을 선호했다.

1996년 윤락행위등방지법의 개정으로 윙은 직업보도사업에서 선도보호사업으로 전환하게 된다. 이에 따라 기술교육에 국한되지 않는 인성 변화에 중점을 두는 프로그램을 마련하는 것으로 지향점이 바뀌었다. 그러나 재정 상황이 열악한 탓에 인근 교회의 목사님이 방문해서 들려주시는 성경 말씀으로 인성 변화 프로그램을 대체하기도 했다. 차츰 상황이 나아지고 외부의 지원도 받을 수 있게 되면서 다양한 프로그램들을 기획하고 실행했다. 기본적인 개별상담 및 집단상담 프로그램을 통해 친구들이 자신과 주변을 좀 더 가치 있게 여기고 시설 생활에서 자긍심을 느낄 수 있도록 많은 정성을 쏟았다.

그러나 현실적으로 이런 집단 프로그램들이 친구들을 어떤 식으로 변화시켰는지 정확하게 입증하기란 어렵다. 그나마 질적연구 방법에서는 긍정적인 결과가 도출되었지만, 양적인 통계 방법에서는 많은 한계가 드러났다. 일시적인 변화는 있을 수 있었지만 그것이 쉼터 안에서 지속될 수 있는지가 관건이었기에 그리 간단한 일이 아니었다. 아무리 자유로운 시설이라 하더라도 결국 시설은 시설이었다. 친구들은 자신이 늘 '갇혀 있다'고 생각했다.

쉼터에 들어와서도 갈피를 잡지 못하고 나갔다 들어왔다를 반복하는 친구들을 붙잡기 위해 우리는 머리를 맞대며 고민했다. 어떻게 하면 쉼터 생활을 즐겁게 할 수 있을까. 또 어떤 프로그램이 우리에게 진짜 필요할까. 그렇게 심혈을 기울여 2003년 단계별 전문 프로그램을 구축했다. '입소 적응 → 도움닫기 → 자립 준비'의 총 3단계로 진행되는 프로그램이었다. 입소 적응 단계에서는 쉼터에 입소한 시기별로 친구들을 모은 뒤 쉼터를 벗어나 강화도의 예쁜 펜션으로 떠났다. MBTI 검사로 구성원들의 성격을 파악하고 쉼터 생활에 필요한 여러 가지 정보와 이야기를 촘촘하게 나누었다. 외딴 곳에서 함께 먹고 자면서 서로를 조심스레 알아가는 시간이었다.

도움닫기 단계에서는 입소 당시 세웠던 목표를 재점검하며 보완했다. 퇴소를 앞둔 친구들이 참여하는 자립 준비 단계에서는 리더십 프로그램 코스를 필수적으로 이수하게 하면서 그간의 시간을 되돌아보았다. 결과적으로 프로그램 시행 이전에 70퍼센트에 육박하던 입소 3개월 미만의 퇴소율을 30퍼센트대로 낮출 수 있었다. 무엇보다 친구들이 쉼터에 조금만 더 머물렀으면 하는 간절한 마음으로 고민에 고민을 거듭해 프로그램 교재와 교구까지 직접 만들었던 활동가들이 있었기에 가능했던 일이었다.

친구들이 중단된 학업을 이어가도록 지원하는 것도 중요한 일이었다. 중앙대학교 학습 자원봉사 동아리 '푸름회'에서는 일주일에 두 번씩 꼬박꼬박 윙을 방문해 일대일로 검정고시 준비를 도와주었다. 친구들과 또래이기도 한 푸름회 대학생들과는 학습뿐 아니라 봄소풍과 여름 캠프 그리고 가을운동회까지 개별 활동을 제외한 윙의 거의 모든 활동을 함께했다. 윙의 친구들이 대학 축제에 초대받아 축제를 만끽하기도 했다.

대학생들의 소개로 자연스레 대학교를 접하게 되면서 친구들은 막연히 품고 있던 대학 생활에 대한 동경을 좀 더 선명히 인식했다. 또한 이성애 중심의 남녀 관계에서 벗어나 서로 우정을 나누는 건강한 관계가 있을 수 있다는 것도 알아갔다. 푸름회 선생님들 역시 탈성매매 여성에 대한 선입견 없이 있는 그대로 친구들을 대했다.

이뿐만 아니라 쉼터를 거쳐 간 선배들과 이야기를 나누는 만남의 시간, 자신의 분야에서 나름 성공한 사람들을 초대해 이야기를 듣는 '명사 특강'의 시간도 가졌다. 책이 언제나 친구들의 삶에 가까이 있었으면 하는 마음으로

'열정 라이브러리'라는 우리만의 도서관도 만들었다. 당시 도서관 책장 한 칸씩을 분양해 한 사람당 20권 남짓의 책을 후원받았는데, 2천여 권의 책을 넣을 수 있는 백여 칸의 책장이 순식간에 채워졌다. 그때의 감동과 여운을 지금도 잊을 수 없다.

그러나 우리는 점점 사회복지 프로그램의 한계를 느꼈다. 미술치료, 무용치료, 원예치료, 상담치료 등 사회복지 프로그램에는 유난히 '치료'라는 용어가 많이 따라붙었다. 우리조차 관성적으로 용어를 사용하다가 친구들의 거센 반발을 받은 적도 있다. 자신들이 무슨 환자라도 되냐며 따져 물을 때에는 달리 할 말이 없었다.

2006년, 우리는 드디어 우리만의 커리 시스템을 만들었다. 베이직, 비전코칭, 인문학, 자기경영, 창업코칭의 각 코스에 따라 자신이 원하는 과목을 수강하는 학점제 이수 시스템이었다. 각 코스에 다양한 과목을 배치하고 일주일에 두 번씩 아침 시간에 영어 공부도 기본 과정으로 넣었다. 한 학기는 3개월로 입소기간 18개월에 맞춰 총 6학기를 이수할 수 있도록 설계했다. 그러나 우리는 겨우 18개월의 과정을 마친 후 이 시스템을 접을 수밖에 없었다. 애초에 염두에 두었던 기획의도와 현실의 간극이 너무나 컸기 때문이다. 친구들에게는 언제나 변수가 많았고, 결국 입소 기간을 모두 채우지 못했다. 야심차게 시작한 커리 시스템이 중단되어 아쉬웠지만 이 과정을 함께하며 소중한 것을 배웠다.

무엇보다 커리 시스템은 큰 질문을 남겼다. 배우고 변해야 하는 사람이 오직 친구들뿐인가 하는 의문이 들기 시작한 것이다. 사실 일을 하는 실무자의 입장에서 프로그램에 기계적으로 접근하게 되는 경우도 있었다. 그럴 때 우리의 부족한 부분을 채워준 건 결국 프로그램에 참여하는 친구들이었다. 친구들이 열심히 참여하지 않았다면 윙의 배움은 지속되지 못했을 것이다. 누가 누구를 가르치는 게 아니라 함께 어울려 배워서 더욱 신나고 즐거웠다. 크리스마스 파티 때도 왜 맨날 자신들만 장기자랑을 하냐면서 활동가들도 해보라는 친구들의 요청에 그 즉시 연습해 춤을 추고 노래를 불렀다.

활동가들은 말한다. 사회복지사의 이미지와 역할, 그리고 끝내 권위까지 깨주었던 곳이 바로 여기라고. 그렇게 우리는 친구들과 같이 배웠고, 그 함께함이 친구들에게 변화의 계기를 열어주었다. 그때부터 모든 프로그램에 대표를 비롯한 활동가들이 빠짐없이 참여하는 우리만의 방식이 만들어졌다. 우리는 각자의 자리에서 함께 배웠다. 가난한 사람이라고, 배우지 못한 사람이라고 배워야할 게 따로 있는 것이 아니다. 푸름회 선생님들이나 외부 강사 선생님들 모두 친구들에게 배움을 주려고 왔다가 본인들이 더 많이 배우고 간다고 늘 말했다. 윙은 그런 곳이었다. 배움에 한계와 차별을 두지 않는 곳.

친구들이 직접 대본을 쓰고 연극배우가 되어 무대에 올랐던 경험이나 취향이 비슷한 친구들끼리 팀이 되어 여행 계획을 세우고 떠났던 '여자들의 여행', 문화잡지 편집장과 함께 떠난 '제주도 자전거 하이킹' 등은 1990년대 후반~2000년대 초반의 쉼터에서 흔히 찾아볼 수 없는 프로그램이었다. 무언가를 관람하는 데 그치지 않기 위해 때로 조각가의 작업실에서 조각을 배우고, 사진작가의 스튜디오에 가서 사진을 배우기도 했다.

우리는 어떻게든 구실을 만들어 친구들에게 아낌없이 문화상품권을 나눠 주었다. 친구들이 조금씩 문화적 감수성을 키워나가기를 바랐다. 서울국제여성영화제가 열리는 기간이면 아예 며칠씩 극장에서 이동 수업을 하곤했다. 여성주의 영화를 보고, 여성학자의 강의를 듣고, 토론을 하면서 우리는 여성주의를 만나게 되었다. 이제껏 당연시했던 것이 전혀 당연한 게 아니라는 것을 알게 된 우리는 더욱 할 말이 많아졌다. 스스로의 언어로 직접 말하기 위해 시작한 영상 제작은 우리에게 날개를 달아주었다. 우리의 삶에 새로운 조명이 켜지고 있었다.

내 인생의 작은 수첩

단체 생활을 해야 하는 쉼터에서 다툼은 피할 수 없는 일이다. 가만히 들여다보면 그 안에는 자기 자신을 사랑하지 못하는 너와 내가 있다. 스스로를 사랑하지 못하는 사람은 결코 타인에게 우호적일 수 없다. 타인에게 관심을 보이고 그를 배려할 수 있다는 것은 그만큼 자신을 긍정하며 사랑하고 있다는 증거이다. 그래서 우리는 자기 자신부터 알아가는 것이 필요하다고 생각했다. 나는 어떤 사람인가. 어떤 것을 좋아하고, 어떤 상황에서 화가 나는가. 또 어떤 꿈을 꾸는가.

가장 먼저 떠오른 것은 글쓰기였다. 글을 쓴다는 것

은 거울을 들여다보는 것과 같지 않은가. 있는 그대로의 자신과 마주하게 되니 말이다. 글을 쓰며 스스로를 알아가고 긍정하게 되면 끝내 자신을 사랑할 수 있지 않을까. '치유적 글쓰기'는 이런 마음에서 시작된 프로그램이었다. 세부관찰 묘사(1회), 사진으로 이야기하기(2회), 여성·가족·사랑을 주제로 한 다큐멘터리 감상(3회), 인터뷰 기사 쓰고 잡지 만들기(4회), 소설 재구성(5회), 짧은 소설 쓰기(6회), 자신의 사랑에 대해 상상하기(7회), 시나리오 작업 후 연극 공연(8회), 성매매에 대한 기사 분석하고 자신의 이야기를 글로 쓰기(9회), 릴레이 소설 쓰기(10회)까지 총 10회에 걸쳐 글을 써보기로 했다.

아주 짧은 순간이라도 무언가를 깊이 응시할 수 있다면 곧 자기 자신도 그렇게 볼 수 있지 않을까. 1회의 세부 관찰 묘사에서는 소파에 누운 지숙의 뒷모습을 관찰한 뒤 글로 묘사했다. 지숙은 2인용 소파 위에 뒷모습을 보인 채 비스듬히 누웠다. 그런 지숙의 뒷모습을 우리는 한참 동안 바라보았다. 누군가를 혹은 어떤 상황에 대해 이토록 오래, 깊이 응시한 적이 있었던가. 그리고 각자가 관찰하고 느낀 것을 글로 쓰기 시작했다.

친구들은 제대로 된 글을 써본 적이 없다며 손사래를

쳤지만, 마지못해 쓰던 프로그램 평가서와는 질적으로 다른 생동감 있는 글을 써냈다. 글에 생명이 있다면 아마 딱 그런 모습이었을 것이다. 이전의 프로그램에서 본 적 없는 편하고 자유로운 분위기가 만들어졌다. 호기심 가득한 눈으로 맞이했던 첫 글쓰기 수업은 순식간에 지나갔다.

다른 프로그램은 세 시간을 지속하기가 쉽지 않았는데 글쓰기 수업은 지루하다고 생각할 겨를도 없이 금방 흘러갔다. 우리는 이제껏 해왔던 프로그램과는 다른 뭔가가 있다고 느꼈다. 글 혹은 사진과 다큐멘터리를 통해 다른 사람들의 시선과 주장을 들여다보았다. 그리고 그것을 자신의 경험에 비춰 재해석해보면서 신선한 자극을 받을 수 있었다.

늦여름에 시작한 글쓰기 수업은 어느덧 가을의 정취가 물씬 풍기는 10월로 접어들었다. 글쓰기 수업 5회차에서는 소설을 재구성하는 시간을 가졌다. 언젠가 선생님이 자신의 성장소설로 추천했던 샬럿 브론테의 《제인 에어》로 해보기로 했다. 열두 살의 어린 제인 에어가 기숙학교로 쫓겨가기 직전에 자신을 구박하는 외숙모에게 자기를 드러내고 선언하는 바로 그 대목이다. 제인 에어가 자기보다 나이도 많고, 힘도 세고, 어쩌면 자신의 운명을 통째로 좌지우지할 수 있는 어른에게 스스로를 드러내며 항변하는 대목을 재구성하는 것이다. 누구나 살면서 한 번쯤은 어딘가에 항변하며 자기를 선언하는 순간을 맞닥뜨릴 테니까. 그때 당황하지 않고 당당하게 맞설 수 있는 힘을 키우기 위해, 자신에게 솔직해지는 연습을 하기 위해 써보는 거라고 선생님은 말씀하셨다. 우리는 《제인 에어》의 한 장면 속으로 빠져들어 그동안 꺼내보지 못하고 꼭꼭 감춰두었던 자신의 이야기를 써내려가기 시작했다.

"나를 박정하게 짐승처럼 쉬는 날도 없이, 지하 방에 쳐넣어 가두고 억울한 일들을 시키면서 돈도 안 주고, 그 형편없던 시간들, 나의 그 아까운 시간을 평생 잊지 못할 거예요. 내가 힘들고 괴로워하면서 쉬게 해달라고 울부짖어도 당신은 아랑곳하지 않았죠. 사람들은 당신을 마음 좋고 배려심 많은 사장으로 알겠지만 사실은 정말 저질스러운 거짓 장부를 쓰는 사람이라는 것을, 사람을 사람으로 안 보는 매정한 인간이라는 것을 알려나 모르겠군요."

"아버지가 제 친아버지라는 것이 참 끔찍해요. 이제부터 아버지라고 부르지 않겠어요. 다 큰 뒤에도 두 번 다시 보지 않을 거예요. 누구한테 아버지는 어떤 분이냐고 질문을 받게 되는 생각만 해도 끔찍해요. 난 새어머니 발

톱의 때만큼도 대접받지 못했다고 대답할 거예요."

　모두들 솔직하게 글을 썼다. 친구들은 마치 감정의 파도를 타는 것처럼 통쾌하고도 아슬아슬하게 읽어나갔다. 도저히 직접 읽을 자신이 없는 친구는 누군가 대신 읽어주었다. 그리고 감정을 억누르지 않고 내면의 자신과 마주했다. 슬쩍 지어낸 이야기라고 부끄러워하지만 모두들 느꼈을 것이다. 그 한 구석에는 자신의 이야기가 녹아 있다는 것을.

　앞으로 펼쳐질 인생의 한 대목에서 우리는 자기를 선언해야 할 순간을 맞닥뜨릴 것이다. 그러면 지금 우리가 한 것처럼 분명하게 말할 수 있을 것 같다. 아마도 그런 게 힘 아닐까. 인생의 파도 앞에서 굴복하지 않는 힘. 글쓰기 수업을 하는 동안 선생님께 가장 많이 들었던 말은 '글쓰기에 정답은 없다. 평소에 말하고 생각하고 느끼는 대로 솔직하게 쓰라'는 것이었다. 글을 쓰는 작업이 소위 공부 좀 한다는 사람의 전유물이 아니라는 것이다. 글쓰기 울렁증이 있는 우리들도 충분히 가능하다는 메시지로 들려 조금은 위안이 되었다.

　수업 7회차에서 우리는 비로소 말하고 생각하고 느끼는 대로 솔직하게 쓴다는 것이 무엇인지 제대로 알게 되었다. 사랑에 관한 짧은 이야기를 써보는 시간으로, 내가 사랑할 사람과 나 그리고 가족에 대해 생각해보기로 했다. 나는 어떤 점이 대견스럽고 또 어떤 슬픔을 갖고 있는지 상상하면서 글로 써보고 이야기를 나누는 것이었다. 내가 정말 원하는 사랑을 함께할 그 사람은 누구인지, 눈동자를 깊이 들여다보고, 머리를 쓰다듬어보고, 목소리를 듣고, 호흡을 느껴보았다. 그렇게 마음속으로 그림을 그려가면서 시나리오를 쓰듯 구체적으로 써보는 기회를 가졌다.

친구들은 현재의 남자친구와 상상 속의 인물들을 비교해가며 열심히 써내려갔다. 상상 속 인물들은 군인이 되었다가 트레일러 기사가 되기도 하고, 건축가나 요식업 종사자가 되기도 했다. 20대의 발랄함으로 서로의 애정에 대해서도 인색하지 않게 묘사했다. 그러나 가족에 대한 부분에서는 '인자하다' '행복하다' '배려심이 많다' '최선을 다하셨다'처럼 피상적인 표현이 주를 이뤘다. 반면 가장 구체적으로 쓰인 이야기는 자신의 슬픔이었다.

"나는 이런 슬픔들을 가지고 있습니다. 부모님에 대한 안 좋은 추억이 있어요. 강아지를 잃어버려서 슬펐어요. 사랑하는 사람을 사랑하기에 떠나보냈어요. 사랑하는 사람에게 거짓말을 해야 하는 슬픔……"

특히 '사랑하는 사람에게 거짓말을 해야 하는 슬픔'이라는 대목에서 친구들은 깊이 공감했다. 자기 인생의 한 부분을 지우개로 지우고 싶어 하는 친구들이었다. 가족 간 불화를 겪으며 자라서인지 새로운 가족을 만드는 것에 대해 불안해했다. 우리는 그런 친구들의 글을 읽으며 절망했지만 친구들의 불안을 있는 그대로 받아들여야 했다. 사회복지사로서 친구들에게 복지 혜택을 연결해주는 것만이 전부는 아닐 거라고 믿었다.

친구들이 가지고 있는 슬픈 기억과 불안함을 어떻게 안고 갈 것인가. 슬프다고 모두 잊어야 하는가. 불안하다고 계속 숨어서만 지낼 것인가. 그동안 친구들과 함께하면서 막연히 느껴왔던 것들이 글쓰기 수업을 통해 좀 더 선명하게 우리 앞에 모습을 드러냈다. 글쓰기 수업이 회차를 거듭하면서 친구들은 두려움 없이 자신과 마주하며 솔직하게 글을 썼다. 그리고 더욱 용감해졌다. 선생님의 말씀 한 마디 한 마디는 커다란 울림으로 다가와 우리를 흔들었다.

"가족이라고 해서 모두 행복한가요? 부모님은 또 언제나 인자하신가요? 사실 '행복하다' '인자하다' 이런 표현은 아무것도 표현하지 않은 것과 마찬가지예요. 누구나 행복할 때가 있고, 행복하지 않은 순간이 있어요. 배려심이 넘칠 때도 있지만 그렇지 못할 때도 있지요. 만약 그때 누군가와 마주친다면 상대방은 나를 배려심 없는 사람으로 기억하겠죠. 마찬가지로 아버지가 자상하다가도 폭력적이었을 수 있고, 경제적으로는 무능력했지만 적어도 어머니는 때리지 않았을 수 있잖아요."

글쓰기 수업을 통해 슬픔만 가득했다고 기억되는 친구들의 어릴 적 순간들을 상상속의 인물을 통해 객관적으로 묘사할 수 있었다. 그 시절의 아버지가 몸서리치게 미우면서도 이제껏 보지 못했던 아버지의 다른 면을 생각하게 되었다. 그렇게 우리는 울고 또 웃으며 이야기를 나눴고, 그러면서 알게 되었다. 슬픔이나 상처는 결코 완전히 치유되지 않는다는 것을. 그래서 상처를 억지로 떼어내는 것보다 그 상처와 잘 지내는 법을 배우는 것이 더 중요하다는 것을. 자신과 솔직하게 마주하며 글을 쓰는 것이 한 가지 좋은 방법이 될 수 있음을 그때 배웠다.

자기 자신을 들여다보는 시간은 무척이나 소중하다. 자신을 제대로 볼 수 있어야 상대방도 잘 볼 수 있다. 사랑하고 사랑받는 것은 충분한 연습을 필요로 한다. 우리는 그것을 사랑에 관해 상상하고 글로 써보며 배웠다. 세상에 과거가 없는 사람은 없다. 과거를 말하거나 말하지 않는 것은 내가 직접 선택해야 하는 문제이고, 따라서 말하지 않는 것도 나의 자유다. 지나간 나의 시간들에 대해서는 남이 어떻게 보느냐보다 자신이 어떻게 명명하는가가 중요하다. 왜냐하면 우리가 기억하고 해석하는 것은 시간이 흐르면서 거듭 달라지기 때문이다. 우리는 이 모든 것들을 치유적 글쓰기 수업을 통해 배웠다. 선생님은 마지막 시간에 우리에게 이런 말을 해주었다.

"손가락에 낀 반지는 누구나 훔쳐갈 수 있지만 내면의 힘은 절대로 훔쳐갈 수 없어요. 그래서 좋은 책을 읽고, 좋은 사람들과 많은 대화를 하고, 다양한 예술 활동을 할 필요가 있어요. 그렇게 자신의 삶을 풍요롭게 해주는 내면의 힘을 가꿔야 해요."

내면의 힘이란 무엇일까? 마치 새로운 숙제를 받아든 느낌이었다. 그런데 마음은 이상하리만큼 부풀었다. 우리들이 함께 만든 책《내 인생의 작은 수첩》을 남기고 치유적 글쓰기 수업은 그렇게 막을 내렸다.

우리에게 필요한 것은
빵보다 장미이다

우리는 내면의 힘이라는 화두를 안고 고민을 이어나갔다. 어떻게 살아야 할까. 지금 우리는 어디로 가고 있는 것일까. 그러던 어느 날 신문에 실린 칼럼 한 편을 읽게 되었다. 사람들은 흔히 노숙인들이 자립하는 데 필요한 것이 주거 지원과 일자리라고 생각한다. 그러나 해당 칼럼은 그들이 상실한 것이 "단지 경제력과 가족만이 아니"라고 본다. 무엇보다 중요한 것은 "자존감"과 "한 인간으로서 의연하게 실존을 지탱할 수 있는 내면의 부피"이며, "배움과 깨달음을 통해" 이를 회복할 수 있다는 것이다.[*]

　　우리가 그토록 고민했던 내면의 힘이라는 것도 결국

이런 것이 아니었을까. 누군가에게 세게 한 대 얻어맞은 것처럼 정신이 번쩍 들었다. 그때부터 여러 정보들을 찾아보기 시작했다. "가난한 사람들에게 필요한 것은 경제적 지원이라기보다 삶을 성찰하는 인문학적 사유"라고 역설하는 《희망의 인문학》(얼 쇼리스)이 출간을 앞두고 있던 시점이었다. 또한 한국에서도 이미 '가난한 사람들을 위한 인문학'으로 노숙인들에게 학습 기회를 제공하는 성프란시스대학이 운영되고 있었다. 이런 시도들을 보며 우리가 무얼 할 수 있을까 깊은 고민에 빠졌다.

그때 윙은 비영리조직 컨설팅을 진행하고 있었기에 양세진 컨설턴트에게 이런저런 고민을 나누었다. '빵'으로 비유되는 하루하루의 생계보다 '장미'로 비유되는 내면의 힘을 키우고 싶은데, 인문학 수업을 해줄 수 있는 철학 선생님을 어떻게 알아봐야 할지 모르겠다고 털어놓았다. 며칠 후 그는 조용히 사무실로 찾아와서 내게 무언가 내밀었다. 인문학 수업의 강의계획서였다.

"그날 대표님과 이야기를 나눈 후 저도 여러 가지 생

---

*   김찬호, 〈'빵'만큼 '장미'가 필요한 노숙인〉,《한겨레신문》, 2006. 3. 9.

각을 했어요. 제가 철학으로 석사까지 마쳤는데 대표님 덕분에 오랫동안 밀쳐 두었던 철학에 대한 열정을 다시 확인했어요. 제가 인문학 수업의 철학 강의를 해보고 싶습니다."

가난한 사람들에게 필요한 것은 무엇일까? 국가는 다양한 방식으로 이들을 지원한다. 주거지를 제공하고, 생활비를 지급하며, 직업훈련을 위해 수당을 제공하며 더 많은 자격증을 취득하도록 도와준다. 흔히 직업훈련은 가난에서 탈출하는 유일한 수단으로 간주되곤 한다. 오랜 기간 직업훈련을 돕는 실무자로 일해온 나는 인문학 수업에서 전혀 다른 것을 느꼈다. 예기치 못한 삶의 고비에서 여지없이 흔들리는 친구들의 모습을 보며 몇 개의 자격증이 무슨 의미인가 하는 생각이 들었다.

우리에게 진정 필요한 것은 어쩌면 훈련이 아닌 교육이 아닐까. 지금 당장의 끼니를 해결하는 것도 중요하지만, 자신과 세상을 돌아보며 인생의 파도를 용감하게 즐기는 내면의 힘을 기르는 것, 그러니까 가슴속에 한 송이의 장미를 심는 것도 그에 못지않게 절실한 일이 아닐까 생각했다. 이렇게 탄생한 윙의 인문학 강좌 '인간에 대한 철학적 이해'에서 우리는 자활·자립의 기본이 되는 자기 존재에 대한 물음을 통해 내면의 기초를 다지는 철학적 사유를 시도했다.

친구들은 '계몽이란 무엇인가?'에 대해 생각하고 토론하며 자신의 삶에 접목해 플라톤의 '동굴의 비유'를 설명했다. 무한으로서의 타자, 인정투쟁, 끊임없는 존재의 물음, 존재의 집으로서의 언어, 악의 평범성과 인간의 존재 방식, 관조적 삶과 활동적 삶에 대해서도 공부했다. 우리에게 너무 관념적인 내용이 아닌가 하는 생각도 들었지만, 예상외로 어렵지 않은 설명과 적절한 비유가 곁들여진 수업이 그렇게 재미있을 수 없었다. 드디어 마지막 시간이 왔고, 우리는 철학을 통해 무엇을 배우고 느꼈는지 함께 이야기하는 시간을 가졌다.

"수업에 처음 들어왔을 때 이해하지 못할 줄 알았거든요. 지금까지 살아오면서 마음속으로 나 자신에게 '나는 누구지?' 그리고 엄마에게도 '엄마 나 누구 딸이야?' 이렇게 물었던 것이 '존재에 대한 물음' 아니었나 생각하게 되었습니다. 앞으로 살아가면서 계속해서 물을 것 같아요. 나는 어디에서 왔는지, 어떻게 살고 싶은지 계속 물으며 살 것 같아요."

우리를 한껏 고양시켜준 첫 인문학 수업은 여름의 문

턱에서 끝이 났다. 하반기에는 여성의 일과 노동, 연애, 여성운동 등 여성주의 역사에 대해 공부하는 여성학 수업이 시작되었다. 이듬해에는 인문학 수업이 사회복지공동모금회의 지원사업으로 선정되어 1년 동안 꾸준히 4개 분야(문학, 여성학, 철학, 역사)의 강좌를 진행했다. 탈성매매 여성을 위한 프로그램이 '치유 회복'이라는 틀에 매여 있는 현실에서 사유의 근원을 탐색하는 인문학 교육은 그 자체로 새로운 시도였다.

친구들은 인문학 수업을 통해 자신의 내면을 들여다보는 연습을 하기 시작했다. 그리고 자신을 둘러싼 상황과 인문학적 가치를 힘겹게 수용하기 시작했다. 그 연습은 자신과 타인 그리고 세상을 바라보는 새로운 관점을 열어주었다. 인문학을 통해 비로소 우리는 삶에 대한 진지한 고민을 시작할 수 있었다.

인문학과 문화예술은 종종 고상한 것으로 미화되곤 한다. 그러나 책을 읽고, 극장이나 박물관, 음악회 등에 다닌다고 해서 정신적 삶이 완성되는 것은 아니다. 얼 쇼리스는 정치적이고 성찰적인 삶을 사는 것이 인문학 교육의 중요한 목표라고 말한다. 정치적인 삶이란 가족과 이웃 그리고 더 나아가 지역과 국가 차원에 이르기까지 다양한

계층의 사람들과 함께하는 활동을 뜻하며, 성찰적 삶이란 자신을 깊이 들여다보며 즉각적이고 감정적인 방식이 아니라 성찰적으로 사고하고 대응하는 삶을 말한다.[*]

"철학이 사실은 어려운 것이 아니라 우리의 일상이 모두 철학이라는 것을 알게 되었다."

인문학 수업에 참여했던 어떤 친구의 말이 오랫동안 귓가에 맴돌았다.

---

[*] 얼 쇼리스, 《희망의 인문학》, 고병헌·이병곤·임정아 옮김, 이매진, 2006, 170쪽.

현장과 인문학의 낯선 만남

2006년 처음 시작한 인문학 수업을 기점으로 2007년에는 한 해 내내 인문학 수업을 이어갈 수 있었다. 그렇게 2년의 시간이 지나고 2008년이 되었을 때, 슬슬 조바심이 나기 시작했다. 우리의 삶은 왜 별반 달라지지 않는 것일까. 인문학 수업의 교본으로 삼아 몇 번이나 읽었던 《희망의 인문학》을 다시 꺼내 읽고, 성프란시스대학의 임영인 신부님을 찾아가 이야기를 나눴다.

그곳에서 우리는 '현장 인문학'에 대해 알게 되었다. 현장 인문학이란 노숙인, 재소자, 장애인 등 각각의 현장에 있는 이들과 함께 진행하는 인문학 수업을 말한다. 제도권 밖에서 만들어진 연구공동체 수유너머는 당시 현장 인문학 워크숍을 기획하고 운동단체들과의 교류를 추진하고 있었다. 윙도 탈성매매 여성의 현장 인문학으로 합류했다.

2008년 9월부터 시작된 현장 인문학 네트워크 모임은 같은 해 12월 수유너머 주관의 현장 인문학 워크숍으로 완성되었다. 그때까지만 해도 윙은 친구들과 함께 외부 행사에 참여해본 적이 없었다. 친구들은 자신이 드러나는 것을 원치 않았고, 우리도 애써 요구하지 않았다. 그러나 그 자리만큼은 반드시 모두가 참석했으면 했다. 그렇다고 무리하게 권유하진 않았는데 친구들은 선뜻 워크숍에 참석하겠다고 했다. 아마도 우리의 진심이 친구들에게 통했으리라.

그렇게 윙의 모든 식구들과 함께 수유너머의 넓은 강의실에 앉아 우리의 인문학 수업에 대해 발표하는 시간을 가졌다. 지금도 그때만 생각하면 얼굴이 화끈거린다. 대부분 공부하는 연구자들이었는데 그들을 앞에 두고 인문학이 어쩌고저쩌고 떠들었으니 말이다. 그럼에도 그 순간이 오래 기억나는 것은 우리 친구들 때문이다. 두 눈을 반짝이며 이야기에 귀를 기울였다가, 그렁그렁 눈에 눈물이 맺혔다가도 크게 웃으며 한순간에 눈물을 흩뿌리던 친구들의 모습이 지금도 눈에 선하다. 그런 친구들 앞에서 난 생처음 '우리는 탈성매매 여성이다'라고 크게 소리내어 말할 수 있었다. 밤늦게 돌아오는 길에 한 친구에게 문자가 왔다.

"대표님, 아까 기분이 이상했어요. 우리들이 모두 이곳에 앉아 있다는 게 믿기지 않더라고요. 벅차오르기도 하고요. 고맙습니다……"

그 워크숍을 계기로 모든 게 자연스러워졌다. 인문학 수업을 시작한 우리의 일상은 그 어느 때보다 치열하고 풍요로워졌다. 현장 인문학 워크숍이 이어진 지 반년 정도 지난 어느 날, 수유너머의 연구자들이 윙에 찾아왔다. 현장의 절박함에 자신들이 선뜻 답을 줄 수는 없겠지만 더 이상 현장이 부재한 곳에서 무뎌진 펜으로 관념적인 글을 쓰고 싶지 않다고 했다.

현장만이 줄 수 있는 질문이 있고, 현장 속에서만 포착할 수 있는 이론이 있다고 생각한다는 말에 나는 몹시 흔들렸다. 그리고 고마웠다. 신길동에 위치한 우리 윙과 수유너머가 만나 새로운 길을 만들어보자는 의미로 '수유너머 길'이라는 이름을 정하고, 상도동에 위치한 윙의 셰어하우스 3층에 공간을 마련해 시작했다. 우리에게도 뭔가 든든한 배후가 생긴 것 같았다.

이수영, 이은봉, 임수덕, 해피(별칭) 총 네 명의 연구자들이 윙의 인문학 수업을 위해 의기투합했다. 우선 서당에서 공부하는 방식으로 접근하기로 한 우리는 '길벗서당'을 만들어 요가를 하고 고전시문을 낭송했다. 공부와 친숙해지기 위해 요가로 경직된 몸을 푸는 일도 필요하다고 보았다.

셰어하우스 3층의 큰 방에서 한 시간 정도 요가를 한후 요가 매트를 치우고 그 자리에 서당에서 사용하는 1인 책상을 앞에 두고 시와 고전시문을 읽었다. 큰소리로 시를 낭송하면서 한자를 쓰고 외웠다. 이제껏 했던 공부와 전혀 다른 공부였다. 그러나 친구들은 어떠한 저항도 하지 않았다. 오히려 재미있어했다. 그 시간 주방에서는 점심상이 차려지고 있었다. 우리는 연구자들이 차려주는 맛있는 점심까지 먹고 다시 윙으로 출근했다.

앎은 삶을 바꿀 수 있을까. 그동안 수도 없이 던졌던 질문이다. 그 앎이 실은 삶을 통해서만 도착되는 것임을 길벗서당을 통해 확인할 수 있었다. 공부하기 위해 주변을 정리하고 마음을 다잡는 일도, 책을 읽는 것도 우리의 몸을 통과해야 가능하다. 연구자들은 우리에게 단순히 인문학을 '가르치기 위해' 윙에 온 것이 아니었다. 그들의 애정 어린 수업 준비와 강의 그리고 정성이 깃든 밥상 또한 모두 그들의 삶 속에서 빚어진 것들이었다.

앎이란 주어진 교재에 따라 강사가 준비해온 내용을 받아 적는 것이 아니다. 앎이 삶을 바꿀 수 있다고 할 때, 이 둘은 동일한 개념이다. 앎이 필요할 때 삶을 되돌아봐야 하고, 삶이 절박할 때 앎을 구해야 한다. 공부와 씨름해온 연구자들이나 우리나 서로가 무척이나 낯선 것은 마찬가지였다. 누군가 '삶을 낯설게 바라볼 때 인문학적 사유가 들어선다'고 했는데 바로 그때가 그랬다. 윙의 인문학은 그런 낯섦 속에서 시작되었다.

요가와 함께 고전시문을 읽고 한자를 쓰고 외우며 시를 낭송했던 우리의 인문학 수업에 조금씩 변화를 주기 시작했다. 희곡을 읽으며 연극을 준비하기도 했고, 철학, 고전, 문학, 영화를 주제로 한 인문학 특강 수업을 열기도 했다. 더불어 다양한 인문사회과학 분야의 책도 조금씩 꾸준히 읽어나갔다.

그러다 좀 더 강도 높은 경험이 필요할 수도 있겠다 싶어 요가 대신 등산을 제안했고, 특강 형식으로 한 철학자의 사상을 집중적으로 공부하는 시간을 마련했다. 그렇게 우리는 니체와 스피노자를 만났다. 원전을 읽을 때는 한글로 번역된 것임에도 몹시 힘들고 어려웠다. 그러나 쉽게 풀어 쓴 청소년용 해설서와 신문 칼럼 그리고 음악과 영화까지 다양한 보조 자료들을 활용하며 수업을 채워나갔다. 강사 혼자 이야기하는 일방적인 수업이 아닌 PPT와 동영상 등 시각 자료를 동원해 발제와 토론을 주고받으며 쌍방향 소통의 방식으로 전환했다.

그러다 보니 친구들도 수업에 점점 흥미를 갖는 게 보였다. 수업 전에 제출해야 하는 한 쪽 분량의 발제문과 가끔 보는 쪽지시험도 당연하게 받아들였다. 수업을 마친 후 에세이를 쓰거나 간단한 소감을 홈페이지에 올리는 과제도 너끈히 해냈다.

물론 이 모든 과정을 빠른 시간 안에 이룩한 것은 아니다. 공부를 통해 지식을 쌓는 것이 아니라 공부와 함께 우리의 삶이 충만해지길 원했던 우리는 서두르지 않기로 했다. 매주 수요일 9시에 시작하는 인문학 수업에 성실하게 참여하는 것밖에는 달리 방법이 없었다. 결국 윙의 구성원이라면 한 사람도 빠짐없이 모든 수업에 참여하는 우리만의 문화가 우리를 인문학 수업이라는 책상에 앉혀놓았다. 그리고 우리는 변화의 요구에 기꺼이 응답했다. 까칠한 인문학 선생님은 수업의 방식을 이리저리 바꿔가며 새로운 도구를 활용했다.

대표와 활동가들도 친구들과 함께 수업에 참여하면서 과제 제출과 발표, 시험을 똑같이 수행했다. 인문학을 통해 이전과 다른 삶을 살아보고자 하는 열망은 활동가라고 해서 친구들에게 뒤지지 않았다. 그렇게 우리는 같은 장소, 같은 시간에 앉아 공부했다. 만약 우리가 인문학 수업을 친구들만의 몫으로 한정했다면 수업 도중 만들어지는 수많은 역동과 변화의 순간을 예리하게 감지하지 못했을 것이다. 수업이 지루해지면 안 된다는 것, 무조건 원전을 고집하는 것이 능사가 아니라는 것도 친구들과 함께 공부하는 과정에서 깨달았다. 어느 정도 부담과 긴장을 안고 수업에 임할 필요가 있다는 것도 어느 순간 간파할 수 있었다.

한 친구가 이런 말을 했다. 언제나 성실하게 수업에 참여하는 활동가들 덕분에 오히려 자신들이 더욱 열심히 공부할 수 있었다고. 활동가들의 하루하루는 일과 공부의 모호한 경계 속에서 지나갔다.

2. 여성과 공부

몸과 만나는 시간

연구자들은 윙과 친구들에게 궁금한 것이 많았고, 우리는 그 물음에 열심히 응답했다. 우리의 대화는 갈수록 깊어졌다. 연구자들이 현장에서 처음으로 포착한 것은 친구들의 '무거운 신체'였다. 친구들의 우울과 무기력함을 알아본 것이다. 우리는 친구들의 무거운 신체 뒤에 숨어 있는 우울과 무기력함을 파헤치기 위해 의기투합했다. 니체는 철학이 육체에 대한 해석에서 시작된다고 믿었다. 오죽하면 이성보다 더 커다란 이성이 신체라고 했을까. 스피노자의 심신평행론은 신체가 능동일 때 정신이 능동이 되고, 신체가 수동이면 정신도 수동이 된다는 통찰을 중심으로 한다. 이처럼 새로운 개념을 접한다는 것은 이전과 다른 세계로의 진입을 뜻한다.

그동안 우리는 신체보다 정신이 우월하다고 생각하고 있었다. 그러나 스피노자에 따르면 신체와 정신은 평행하게 움직인다. 즉 신체적 변용이 정신적 변용을 만들어내는 것이다. 그러고 보니 친구들의 신체는 늘 '수동'이었다. 친구들이 자신을 표현하는 방법은 언제나 '귀찮음'과 '무기력함'이었다. 이렇듯 특정한 신체적 변용을 지속하게 되면 특정한 습속이 형성되고 정신의 사유 능력 역시 저하되고 만다.

그런데 윙에서는 그동안 이 모든 것을 정신의 문제로 진단했다. 친구들의 무기력함이 정신적인 상처에서 비롯된다고 인식했기에 그것을 치유하기 위해서는 심리적·정서적 개입이 필요하다고 판단한 것이다. 정신의 문제에 천착한 나머지 몸을 바꾸는 것의 중요성에 대해서는 미처 생각지 못했다. 일상적인 활동을 할 때도 언제나 정신적 치유가 목적이 되었다. 그러나 친구들은 마땅한 일자리가 생겨도 도망가기 일쑤였고, 활동가들 서서히 지쳐갔다. 친구들의 삶은 그야말로 회피의 연속이었다. 제도나 정책이 부재한 것도, 프로그램이나 지원금이 부족한 것도 아니었다. 친구들이 자신의 몸에 대해 너무 몰랐던 게 그 이유는 아니었을까.

드디어 이론과 현장의 만남이 촉발해냈던 인문학적 주제를 잡게 되었다. 당시 하고 있던 요가만으로 신체를 능동으로 만들기 어렵다고 판단한 우리는 강도 높게 몸을 쓰는 등산을 하기로 했다. 예상했던 대로, 등산은 힘들고 어려웠다. 일주일에 한 번이라 해도 여간 귀찮고 성가신 일이 아닐 수 없었다. 하지만 어떻게든 해내야 했다. 어떻게 하면 친구들이 즐겁게 등산할 수 있을까 고민하다 윙의 방식대로 하기로 했다.

간식을 푸짐하게 준비하는 것이 우리가 생각해낸 묘안이었다. 사무국에서 간식을 준비하고 대표와 모든 활동가들이 참여하기로 한 것이다. 사회복지기관에서 진행하는 프로그램에서 사회복지사는 대체로 '관찰자'의 역할을 수행한다. 그러나 우리는 참여자의 위치에서 동등하게 함께했다. 친구들은 물론 활동가들의 저항 또한 심했지만, 그렇다고 멈출 수는 없었다. 예외 상황을 만들지 않도록 철저히 원칙을 세우고 성실하게 지켰다.

원칙은 비가 오나 눈이 오나 매주 금요일 오전 8시 관악산 시계탑 앞에서 만나는 것이었다. 그리고 매번 같은 코스를 올라갔다. 같은 코스를 오르니 산을 타는 친구들의 뒷모습만 봐도 일주일 동안 어떤 일상을 보냈는지 짐작할 수 있었다. 푸짐한 간식으로 친구들의 환심을 사려 했던 우리의 전략은 한 해를 넘기면서 유효 기간을 다했다. 친구들이 각자 자신의 간식을 준비해 오기 시작한 것이다. 과자나 음료수가 아닌 시원한 물과 계란, 오이와 과일 등 등산에 걸맞은 소박하고 건강한 먹을거리를 챙겨왔다.

이 작은 변화가 얼마나 반가웠는지 모른다. 그렇게 등산은 우리의 일상이 되고 윙의 문화가 되었다. 신입 활동가를 면접할 때도 가장 먼저 하는 질문이 "혹시 등산 좋아하세요?"였으며, 관련 단체들에서는 등산 때문에 친구들을 윙에 보낼 수 없다며 하소연했다. 그러나 등산은 이미 우리의 몸을 바꿔내고 있었다. 연구자들이 말한 것, 그리고 우리가 공부한 것을 등산을 통해 생생히 확인할 수 있었다. 신체의 능동이 정신 역시 능동으로 이끈다는 것을 실감했다.

우리는 우울감에 빠져 있는 친구들에게 더 이상 정신과 치료와 약 처방을 권하지 않게 되었다. 답답한 공간에서 상담의 명목으로 친구들을 만나기보다 경쾌하게 걸으며 일상의 이야기를 나누었다. 우리는 일주일에 한 번 산에 오르고 윙으로 늦은 출근을 한 뒤 점심을 먹고 오후 업무를 시작하는 일정으로 10년이 넘는 시간을 보냈다.

관악산을 다닌 지 10년을 넘길 무렵, 우리는 우리 스스로 이만하면 되겠다는 판단을 내렸다. 신체의 능동이라는 개념이 충분히 윙의 문화로 자리 잡았음을 느낄 수 있었다. 관련 단체 회의에 참석해 이제 윙의 등산이 막을 내린다고 말했더니 그곳에 앉아 있던 기관장들 모두가 박수를 치며 고맙다고 했다. 이제 등산을 안 하니 마음놓고 친구들을 연계할 수 있겠다며 좋아했다. 그런 상황이 웃기면서도 씁쓸했다.

하나의 문화가 만들어지기까지 우리는 얼마나 많은 피와 땀을 흘려야 했는가. 우리는 몸에 대한 각성과 등산이라는 실천을 통해 윙의 문화를 만들었다. 가끔 두렵고 힘에 겨운 상황을 직면할 때면 가장 먼저 떠오르는 것이 바로 우리의 등산이다.

'우리가 10년 넘게 등산을 했지. 그걸 해냈는데 지금 뭐가 두려워?'

나를 위한 밥상

어느 날 인문학을 가르치는 이수영 선생님이 우리에게 이런 질문을 했다. 윗의 주방은 왜 한 명의 여성에게 모든 노동을 의존하는 것이냐고. 솔직하게 말하면 그 말을 듣는 순간 당황했다. 단 한 번도 그런 생각을 해본 적이 없었기 때문이다. 국가 지원으로 운영되는 기관이다 보니 규정에 따라 취사원이 배정되었고, 우리는 별다른 생각 없이 관행에 따라 취사원이 해주는 밥을 먹고 있었다. 한 명의 취사원에게 세 끼를 모두 요구하는 것이 좀 버거운 일인 것 같아서 점심은 자체적으로 다른 분을 고용해 해결하고 있었다.

2. 여성과 공부

우리는 이런 방식에 한 번도 의문을 품은 적이 없었다. 당연하게 생각해왔던 것이 갑자기 낯설게 느껴졌다. 지금 당장 할 수 있는 것부터 시작해보자는 생각이 들었다.

문득 오래전 남산에 있는 수유너머에서 본 주방의 풍경이 떠올랐다. 그곳에서는 밥을 할 때 성별이나 지위의 높고 낮음에 따른 위계를 설정하지 않았다. 또한 음식을 남기지 않기 위해 노력하며 자연과 농부의 땀이 얼마나 귀하고 소중한지 느낄 수 있었다. 식사를 마친 뒤에는 몇 사람의 수고에 기대지 않고 각자 자신이 먹은 그릇을 설거지했다. 고백하건대 그 주방은 내 안에 희미하게 남아 있던 가부장적 사고를 돌아보게 해주었다.

윙에서도 직접 밥을 해 먹어야겠다고 다짐했다. 더군다나 자립을 준비하는 이들에게는 필수적인 일 아닌가. 그동안 우리는 왜 친구들에게 밥을 해주려고만 했을까. 모두 함께 밥을 지어 먹을 수 있는 여건을 왜 만들지 않았을까. 아마도 우리가 여전히 친구들을 보호받아야 하는 수동적 존재로 보았기 때문일 것이다.

가난하고 소외된 사람들에게 밥은 배고픔을 달래줄 한 끼의 식사 그 이상의 의미다. 친구들에게 밥은 곧 사랑이고, 가정이고, 엄마였다. 밥을 먹는 그 순간만큼은 가정의 안온함과 엄마의 포근함을 느끼게 해주고픈 마음이 컸다. 사실 그때는 윙이 친구들에게 가정이자 엄마가 되었으면 싶었다. 주말에 집에서 아이들에게 맛있는 음식을 해줄 때도 늘 윙의 친구들이 떠올랐다. 다음주에는 꼭 친구들에게 엄마표 밥상을 해주겠다고 다짐하고는 부리나케 실행하곤 했다.

그런데 인문학을 공부하면서 내 안에 복합적인 마음이 공존하고 있음을 깨닫게 되었다. 어느 때의 나는 엄마처럼 따뜻하게 밥상을 차려주고 싶었지만, 또 다른 날의 나는 '곧 자립하는데 이제 스스로 차려 먹을 때도 되지 않았냐'고 추궁하고 싶기도 했다. '언제까지 엄마표 밥상에 매달리고 있을 것인가'라는 질문이 싹트고 있었다. 더 이상 밥을 가족 로망스 안에 가두지 말고, 개별적이고 독립적인 존재에게 필요한 자주적인 행위로 인정해야겠다고 다짐했다.

우리의 삶에 조금씩 균열이 일어나기 시작했다. 마침 점심 준비를 해주시는 분이 개인 사정으로 더 이상 나오지 못하는 상황이 되었다. 나는 이때다 싶어 점심 한 끼라도 우리 손으로 해 먹어야겠다고 생각했다. 첫 주방 매니저는 내가 하겠다고 나섰다. 주방 매니저의 역할은 한

2. 여성과 공부

달 동안 2인 1조의 식사 당번과 메뉴를 짜고, 일주일치의 장을 봐서 냉장고에 넣어주는 일이었다. 등산을 선언했을 때만큼은 아니었지만 모두들 부담스러워하는 눈치였다.

그러나 이 역시 해내야 했다. 주방일에 비교적 익숙한 친구와 그렇지 않은 친구가 짝을 지어 식사 준비를 했다. 차려진 식사를 남김없이 먹은 뒤 설거지는 각자 했다. 윙에 새로 들어온 친구는 주방매니저인 나와 짝을 이뤄 당번을 맡았다. 함께 쌀을 씻고, 파를 다듬고, 감자를 썰면서 조금씩 대화를 나눴다. 친구의 서투른 손놀림과 작은 떨림 속에서 고단했던 그간의 삶을 조금이나마 짐작할 수 있었다. 그렇게 둘이서 보내는 두 시간 남짓의 식사 준비는 한 존재를 처음으로 알아가고 받아들이는 시간이 되었다. 너는 그렇게 지내왔구나. 그래서 우리가 여기서 만난 거구나. 환영한다, 친구야.

윙에 첫발을 디딘 친구는 그렇게 음식 준비를 함께하고 또 맛있게 먹었다. 잘 먹었다, 수고했다는 친구들의 다정한 인사를 받으며 작지만 큰 성취감을 축적해갔다. 나에게는 그 친구의 성향과 잠재력을 들여다볼 수 있는 기회였다. 이후 사무국과 논의 끝에 그 친구는 좀 더 적성에 맞는 일을 맡을 수 있게 되었다. 함께 식사를 준비하는 과정은 윙에서 진행하는 그 어떤 적성검사보다 유효했다.

우리는 자극적이고 인공적인 맛에 길들여진 입맛과 일회용기에 아무렇게나 먹는 습관을 바꾸기 위해 정성을 기울였다. 프로그램의 간식을 준비할 때도 과자나 탄산음료 대신 옥수수와 계란, 감자와 고구마 등을 삶고 차를 끓이고 싱싱한 과일을 준비했다. 혼자 먹더라도 반찬통 째 꺼내 먹지 말라고 신신당부하며 다양하고 예쁜 그릇들을 찬장에 넣어두었다. 인문학 수업에서 배운 대로 '모든 편견은 내장에서 나온다. 그러니 무엇을 어떻게 먹느냐가 그 사람을 말해준다'는 니체의 말을 굳게 믿고 따랐다. 그렇게 우리는 함께 밥을 먹으면서 식구가 되었다. 건강에 좋은 제철 식재료를 중심으로 정성껏 준비해 가장 어여쁜 그릇에 소복이 담은 윙의 밥상은 그 누구보다 나 자신을 위하는 밥상이 되었다.

"저는 윙에 와서 점심을 준비하면서 가장 많은 것을 느끼고 배웠습니다. 제가 한 음식을 남들이 먹는 기쁨이라는 건 태어나서 처음 느끼는 종류의 보람이었습니다. 허기가 느껴지지 않을 정도로 값진 시간이었습니다."

한 친구가 윙을 떠나면서 남긴 글이다. 이렇게 서로를 위해 밥상을 차리며 중요한 사실 하나를 알게 되었다.

밥상을 준비한다는 것이 모두를 위한 것인 동시에 결국 나를 위한 것이라는 사실 말이다. 누군가를 위해 밥상을 차린다는 것은 자신을 위해 수도 없이 밥상을 차릴 수 있어야만 가능한 일이다. 나 자신을 사랑해야 누군가를 도울 수 있듯, 혼자 잘 살 수 있을 때 여럿이서도 잘 살 수 있다는 그 평범한 진리를 우리는 밥을 통해 알게 되었다.

그렇게 우리는 지금도 매일 함께 밥을 짓고 먹으면서 주방을 가꿔가고 있다. 김치를 잘 담그는 사람은 김치를 담그고, 요리에 관심이 많은 사람은 새로운 음식을 선보인다. 각자가 기꺼이 자신의 역할을 맡아 능력을 발휘하니 모든 것이 평화롭다. 더 이상 음식을 남기는 경우도 없고, 식사 당번을 회피하지도 않는다.

오래전 칙칙한 시설 분위기에서 벗어나고자 가장 먼저 했던 일이 바로 주방의 그릇을 바꾸는 일이었다. 성실한 윙의 취사원 선생님들은 우리들의 그릇에 맛있는 음식과 함께 다정함을 담아주었다. 그러고 보니 참 열심히도 밥을 해 먹었구나. 밥 짓는 소리와 냄새만으로 행복했던 그때의 우리가 가끔 생각난다. 윙에 처음 온 친구를 가장 먼저 만나는 곳도 주방이었고, 함께 식사 당번을 맡고 밥을 먹으며 친구들을 더 깊이 이해하게 된 것도 이곳 주방에서였다. 때로 외로움과 슬럼프에 빠졌을 때도 윙의 주방에서 음식을 만들며 그 시간을 견뎠다.

　정성을 다한 한 끼가 모여 세 끼가 되고 그렇게 하루가 되고 일주일이 되듯, 윙을 떠났어도 친구들은 그 어딘가에서 자신을 위해, 또 누군가를 위해 정성스런 밥상을 준비할 것이다. 그렇게 윙의 밥상이 순환되리라 믿는다.

일상보다 위대한 혁명은 없다

친구들은 늘 말했다. 평범하게 사는 것이 소망이라고. 자신의 삶이 평범하지 않다는 것을 전제하고 하는 말이었을 테다. 그런데 평범한 삶은 말처럼 쉽게 이루어지는 것이 아니다. 그러기 위해서는 소소한 일상이 있어야 한다. 현재의 삶을 결핍으로 느끼며 미래의 삶에서 충만함을 찾으려 하는 한 소소한 일상을 가꾸며 평범하게 사는 일은 그저 소망에 머물고 말 것이다.

평범하게 산다는 것은 어찌 보면 매일매일 똑같은 일상을 반복하는 일이다. 당장 시급한 일도 아니고, 반짝반짝 빛나는 일도 아니고, 누군가에게 인정받는 일도 아니다. 모든 일상은 사소한 것에서 시작된다. 그렇게 반복되는 일상은 우리의 삶에 작은 먼지처럼 쌓인다. 그것은 대체할 수 없는 나만의 힘이 되고 역량이 된다. 우리는 그것을 '항심恒心'이라고 불렀다.

손수 밥을 짓는 것은 일상의 시작이다. 친구들은 스스로 차린 밥을 다른 친구들과 함께 먹으면서 비로소 일상에 대한 감각을 획득했다. 하루하루의 일상이 중요하다고 아무리 이야기해도 잘 이해하지 못했던 친구들이 직접 밥을 하기 시작하면서 일상의 의미를 깨닫게 된 것이다.

공부를 하는 것도 친구들에게는 새로운 일상이 되었다. 어느 순간부터 우리는 더 이상 인문학 수업의 교재용 책을 일괄 구입해 나눠주지 않았다. 자신이 공부할 책을 직접 고르고 구입하는 것부터 공부의 시작임을 깨달았기 때문이다. 책과 친숙해지기 위해 인문학 수업 외에 별도로 마련한 주 1회의 송독 시간도 처음에는 쉽지 않았지만, 천천히 합을 맞춰 소리를 내니 어느 순간 글자가 보이기 시작했다. 그때 우리들의 목소리는 하나가 되었다. 공명 속 교감은 우정이 되고 자신감이 되어 우리의 일상을 한층 두텁게 해주었다.

당시 윙에는 한 달에 한 번 열리는 '야단법석'이라는

전체회의가 있었다. 그야말로 시끌벅적하게 한 달간의 활동을 나누고, 사업 평가까지 겸하는 자리였다. 주로 친구들이 진행하고 발표했다. 축하해줄 일이 있으면 함께 축하해주었고, 일정 공유와 함께 사과하거나 양해를 구하는 것도 그 자리를 통해서 했다. 우리가 세심하게 신경 쓰면서 이런 과정을 챙겼던 것은 공동체에서 생길 수 있는 불만이나 개선 사항 등을 반드시 공식적인 창구를 통해 이야기하는 연습이 필요하다고 보았기 때문이다. 이전과는 다른 삶의 태도와 방식이 있어야 한다고 생각했다.

지금도 윙의 마당에는 선물 칠판이 있다. 한 달 동안 누가, 어떤 마음으로, 무슨 선물을 우리 공동체에 선사했는지 칠판에 상세하게 적는다. 야단법석 회의에서는 그 달의 선물 칠판에 적힌 내용을 다시 한번 나누며 고마움을 표현한다. 이 또한 공동체 안에서 서로에게 선물하는 연습을 하기 위함이다. 외부에서 들어온 선물을 공유하면서 감사의 마음을 나누고, 누군가에게 축하할 일이 생겼을 때 구성원들과 함께 기쁨을 나누는 작은 방법이다. 크고 거창한 선물이 아니라 사과 몇 개, 아이스크림 하나라도 나누는 습관이 우리의 일상을 한층 더 풍요롭게 만들어준다. 작은 일상들이 모여 우리의 삶을 이룬다고 믿기에 이런 순간들을 놓치지 않으려 애쓴다.

윙은 단순히 복지 서비스를 연결해주는 기관이 아니라 서로가 서로에게 배움을 주고 나누는 공동체를 지향한다. 물론 같은 공간에 함께 있다는 사실만으로 공동체가 구성되는 것은 아니다. 우리 공동체에서는 규칙보다 리듬을 중요시한다. 이를테면 이런 것이다. 우리는 8시 45분 출근 시간에 맞춰 출근한 후 다 함께 청소를 한다. 가끔 지각이나 결근이 생기기도 하지만 더 이상 아프다는 핑계는 대지 않는다.

공간을 깔끔하게 유지하는 것, 여러 사람과 좋은 관계를 맺는 것, '내일'을 기약하는 것이 아닌 '지금 여기'에서 바로 무언가를 실천하는 것, 약속을 잘 지키는 것, 이런 것들이 모두 윙이 추구하는 공통의 리듬이다. 이 리듬을 공유하면 명령도 복종도 불필요해진다. 물론 공통의 리듬을 형성하는 것은 쉬운 일이 아니다. 공통적인 것은 공동체에 속한 모든 구성원이 변화할 때 비로소 만들어진다.

윙에서 우리는 불필요한 규칙이나 처벌을 긍정적인 윤리로 대체했다. 그 윤리는 세 가지로 요약된다. 첫째, 흔적을 남기지 않는다. 둘째, 약속을 잘 지킨다. 셋째, 핑계를 대지 않는다. 흔적은 그 흔적을 치우는 또 다른 수고로

2. 여성과 공부

운 노동을 불러오기 마련이므로, 흔적을 남기지 않으면 그런 노동에 기대지 않아도 된다. 또한 약속을 잘 지킨다는 윤리는 모든 일에 책임을 가지고 임하는 삶의 태도를 말하며, 핑계 대지 않는다는 윤리는 모든 일의 원인을 외부로 돌리지 않고 자기 자신부터 변화시켜야 한다는 뜻을 담고 있다. 이 세 가지 윤리는 우리가 오랜 고민과 토론을 거쳐 직접 실천하며 가꿔낸 것이다.

삶이 이벤트가 아니듯 공동체도 마찬가지다. 공동체는 반짝하고 나타났다 사라지는 것도 아니고, 짧은 순간 거쳐 가는 곳은 더더욱 아니다. 우리가 복지를 희생과 헌신의 프레임에 가두는 순간 도움을 받는 자와 도움을 주는 사람 사이에는 위계가 발생할 수밖에 없다. 그때 형성되는 것은 다름 아닌 계몽의 구조일 것이다. 윙은 계몽의 구조가 아닌 공통의 리듬을 유지하는 공동체를 지향한다.

급격한 도약 같은 것은 없다. 등산을 하고, 인문학 공부를 하고, 송독을 하고, 밥을 준비하는 매주의 일상, 정해진 시간에 출근을 하고, 청소를 하고, 각자의 일터에서 열심히 일하는 매일의 일상 속에서 우리는 꾸준한 공통의 리듬을 체득할 수 있었다.

자신을 돌보지 않고 일상을 방기한다면 삶은 바뀌지

않을 것이다. 자활은 자격증이나 취업 여부로 증명되는 것이 아니다. 나의 일상을 얼마나 잘 꾸릴 수 있는가가 곧 자활의 기준이 되어야 한다. 일상을 지켜내기 위해 우리는 하루하루 싸웠다. 일상을 바꿔내면서도 잘 유지할 수 있는 힘을 얻는 것이 그 어떤 혁명보다 위대한 일임을 몸으로 직접 배웠다.

혁명이란 광장에만 있는 것이 아니다. 일상을 잘 살아가는 것이야말로 진정한 삶의 혁명이다. 일상보다 위대한 혁명은 없다.

2. 여성과 공부

3

여성과 일

너와 나의 노동은 형편없지만 세상에 다른 멋진 일은
많을 것이라는 착각, 지금은 비록 이렇게 살지만
언젠가는 잘 살게 되리라는 희망. 이런 것들이야말로
우리 삶에서 걷어내야 하는 환상이 아닐까?

사장님이 되었어요

무언가 보여주고 싶었다. 그때 우리가 그렸던 성공의 그림은 작은 매장이나마 성실하게 꾸려가는 사장님의 모습이었다. 우리는 탈성매매 여성에 대해 구구절절 말로 설명하기보다 살아가는 모습으로 말하고 싶었다.

2003년 당시 업소에서 탈출해 은성원으로 오게 된 현정은 첫 인상부터 다부진 모습이었다. 10년 넘게 몸과 마음을 구속당했던 그곳을 손님의 도움으로 빠져나와 어렵게 우리 쉼터로 왔다. 현정은 많이 지쳐 있었지만, 앞으로 펼쳐질 새로운 삶에 커다란 기대를 갖고 있었다. 마침 은성원에서는 여성들이 선호하는 몇몇 직업군을 제안하고 그 범위 안에서 자신의 적성을 찾아갈 수 있도록 돕는 직업 체험 프로그램을 진행하게 되었다. 여러 종류의 직업군 가운데 유독 피부미용에 흥미와 소질을 보인 현정은 이후에도 열심히 교육을 받았다. 버스를 타고 가는 와중에도 현정의 손은 항상 움직이고 있었다. 무릎을 누군가의 얼굴 삼아 왼쪽으로 세 번, 오른쪽으로 세 번, 위 아래로 힘의 강도를 달리하면서 거듭 연습했다.

우리는 단 하나의 성공 사례를 만들고 싶었다. 친구들이 탈성매매 여성이라는 사회적 낙인에 좌절해 주저앉게 하고 싶지 않았다. 이런저런 고민을 하던 우리에게 당시 여성부와 사회연대은행의 창업 지원사업 공고는 한 줄기 빛처럼 다가왔다. '그래, 피부관리숍을 오픈하는 거야.' 설레는 마음으로 하나씩 준비해나갔다.

우선 장소를 어디로 해야 할지, 여성부와 사회연대은행과 기관의 이름으로 삼자계약을 해야 하는데 건물주에게 어떻게 설명할지 하나부터 열까지 함께 의논하며 설렘을 만끽했다. 사업 추진이 늦어지고 준비 기간도 늘어지며 모두가 지쳐갈 때쯤, 드디어 사업 시행 공문이 도착했다. 나는 현정에게 직접 공문을 보여주며 이제 거의 다 왔다는 것을 알려주었다.

은성원은 1970년대 산업화 시기에 일을 찾아 서울로 올라온 여성들에게 숙식을 제공하고 직업교육과 취업을 알선했다. 당시 은성원의 여성 대부분은 미용 기술을 배워 취업했다. 오래전부터 은성원의 1층 한쪽에 미용실이 있었다는 것이 생각났다. 미용 자격증을 취득한 여성들이 직접 미용실을 운영할 수 있도록 임대를 줬다가 다른 용도로 사용하고 있었다. 어차피 피부관리숍을 찾는 고객들은 예약하고 방문하기 때문에 가게 위치가 크게 중요하지 않을 수도 있겠다 싶었다.

길게 생각할 것도 없이 새로 오픈하는 피부관리숍의 위치를 은성원 미용실이 있던 1층 그 자리로 정했다. 그때부터 우리는 모든 인력과 자원을 기울여 현정의 피부관리숍 오픈에 힘을 보탰다. 그때의 오픈식을 생각하면 지금도 뭉클해진다. 눈물로 시작해 눈물로 끝난 오픈식이었다. 그 자리에 참석한 여성부 관계자도 함께 울먹였다.

현정은 부지런히 일했다. 아침 일찍 출근해 구석구석을 청소하는 것으로 하루를 시작했다. 탈성매매 여성의 첫 창업 성공을 기원하며 정말 많은 분들이 도움을 주기도 했다. 다른 쉼터나 상담소에서는 탈성매매 여성들과 함께 가게를 방문해 현정의 생생한 경험담을 들었으며,

여성부와 서울시의 공무원들은 피부관리를 받기 위해 직접 예약을 하며 격려해주었다. 당시 모든 활동가들은 외부 회의나 모임에 나가 우리의 첫 창업 사례를 활발히 알렸다. 은성원에서 다양한 모임을 할 수 있도록 유도해 자연스럽게 피부관리숍 회원을 늘리는 데 앞장섰다. 나 역시 뜸하게 나가던 교회를 다시 나가고, 동네 반장까지 맡으면서 피부관리숍을 홍보하고 손님을 유치했다.

늘 깔끔하게 유지되는 가게와 성실하고 부지런한 사장님을 보는 것만으로도 행복했다. 탈성매매 여성이 자기 가게의 사장님이 되었다는 자신감, 우리가 해냈다는 뿌듯함으로 하루하루가 신나고 즐거웠다. 먹지 않아도 배부를 수 있다는 것이 어떤 마음인지 알 수 있었다.

그러나 부푼 꿈은 오래가지 않았다. 운영한 지 2년이 채 되기도 전에 현정에게서 '정리해야겠다'는 말을 듣게 된 것이다. 이제는 자신도 평범한 여성으로 살고 싶다고 했다. 마음에 드는 좋은 사람을 만났으니 단란한 가정을 꾸리고 싶다는 소망을 가질 수 있다는 걸 모르지 않았다. 탈성매매 여성들에겐 그것이 더욱더 간절할 수 있다. 그러나 기관의 입장에서는 거기서 그만둔다는 것이 너무 안타까웠다. 주변의 탈성매매 여성들에게 더 많은 영향을 주어야 한다고, 결혼도 중요하지만 일도 중요하다고 어르고, 달래고, 사정해보았지만 결국 현정은 떠났다. 그렇게 은성원의 첫 창업 성공 사례는 허무하게 막을 내렸다.

바람이 차가운 늦가을이었다. 피부관리숍의 침대와 물품들이 모두 치워진 텅 빈 공간을 둘러보자니 눈물이 났다. 그동안 우리는 무엇을 했던가. 모두가 그렇게 애를 썼는데 지금 무엇이 남았나. 너무 쓸쓸하고 착잡했다. 찬찬히 돌아보니 우리가 그동안 오직 한 사람에게 모든 것을 쏟아부었다는 것을 깨달았다. 그 사람이 떠나고 나니 모든 것이 한순간에 사라지고 만 것만 같았다. 현정은 그렇게 허무하게 우리 곁을 떠났지만 그런 현정을 이해했다. 현정이 사랑하는 사람과의 결혼을 얼마나 소망해왔는지 누구보다 잘 알고 있었기 때문이다.

성실하고 자상한 남편과 어여쁜 두 자녀의 엄마가 된 현정은 결혼 이후에도 우리와 꾸준히 왕래하면서 지냈다. 무슨 행사라도 있으면 꼭 아이들을 데리고 참석했다. 아이들이 어느 정도 자라자 현정도 다시 일을 시작해야겠다는 마음을 먹었다. 마침 피부관리사의 국가자격증 제도가 시행되어 자격증을 취득했다. 이후 현정은 피부관리숍에 재취업을 하면서 다시 피부관리사의 길을 걷게 되었다.

지금도 5월 15일이 되면 어김없이 현정에게 문자가 온다. 고마워하는 마음이 고스란히 전해진다. 그래도 나를 스승으로 기억해주는구나 싶어서 뿌듯했다. 그즈음 현정은 새롭게 가게를 오픈했다. 축하해주고 싶어 직접 그곳을 찾아간 나는 깜짝 놀랐다. 예전에 은성원에서 했던 그 이름을 그대로 내건 가게였다. 심지어 내부 분위기도 그때와 똑같았다. 내부를 둘러보자니 예전의 가게가 생각나서 눈물이 핑 돌았다. 현정은 내게 근사한 식사를 대접한 후 특별한 마사지를 해주었다. 침대에 누운 나에게 부드럽게 마사지를 해주며 자신의 이야기를 꺼냈다.

"사실은 결혼한 뒤에 너무 힘들었어요. 부모님도 안 계시고, 모르는 것도 많고 이런저런 상황에서 어떻게 해야 할지 모르겠더라고요. 그때마다 은성원에서 배웠던 것이 생각났어요. 검정고시 공부, 리더십 교육도 생각나고, 심리상담 받았던 것도 생각나고요. 그래서 무작정 묻고, 찾아가서 배우고 그랬어요. 그러면서 옛날 생각이 나더라고요. 아…… 내 인생의 화양연화는 은성원에 있을 때였구나. 그때 참 많은 사랑을 받았다는 걸 깨달았어요. 진심으로 고마워요."

한 마디 한 마디 떨리는 음성으로 전달되는 현정의

이야기를 듣는데 나도 모르게 눈물이 주르륵 흘렀다. 그때 갑자기 택배 기사가 들어왔다.

"○○씨 계세요?"

○○는 현정이 그토록 싫어했던 본명이었다. 자신이 그 이름으로 불리길 원하지 않았는데 지금은 예전의 그 이름을 다시 쓴다고 했다. 이제는 그 이름이 너무 좋다면서 그만큼 자신을 사랑하게 되었노라 말했다.

그때까지 1인 창업을 통해 '사장님 만들기'에 집중했던 자활의 방향은 현정의 폐업으로 잠시 주춤했다. 우리는 여성의 삶에 발생할 수 있는 다양한 변수들을 끌어안고 싶었다. 그런 변수마저도 품을 수 있는 여성 일자리를 만들고 싶었다.

일이 필요할 때 언제든 올 수 있고, 떠나고자 할 때 언제든 떠날 수 있는 일자리, 누군가 자리를 비워도 표가 나지 않는 일자리, 특정 개인에게 의존하기보다 여러 개인을 포용할 수 있는 시스템을 중심으로 돌아가는 일자리, 그래서 그 시스템 안에서 기꺼이 일하도록 만드는 그런 일자리 말이다. 우리는 그런 시스템을 만들어야겠다고 다짐했다.

우리도 카페 하자!

"우리도 카페 해보자!"

　월요일 주간회의에서 불쑥 이런 말이 나왔다. 현정의 폐업으로 잠시 주춤했던 자활의 방향은 창업이 아닌 시스템을 만들어보자는 쪽으로 향했다. 우리에게는 공간이 있었기에 지체할 이유가 없었다. 1인 창업이 아닌 기관 차원에서의 창업이라 여러모로 힘이 났다. 서로의 생각들을 펼치고 모으고 다듬는 과정을 거쳐 2008년 3월 대안문화공간 '신길동 그가게'가 탄생했다.

　카페 이름을 그렇게 정한 것은 내심 동네마다 '○○○ 그가게'가 만들어지길 원했기 때문이다. 돌이켜보면 대체 어떤 자신감이 우리를 그토록 용감하게 만들었는지 모르겠다. 커피에 대해 아는 것도 없이, 커피 맛도 제대로 모르면서 카페를 하겠다고 나섰으니 말이다. 우리는 커피 머신을 들여놓는 것을 시작으로 공간을 꾸미고도 한참을 오픈하지 않고 그대로 있었다.

겨울이 지나고 봄이 올 무렵까지도 신길동 그가게는 영업을 시작하지 않았다. 우리가 만든 공간을 우리끼리 좀 더 즐기고 싶었다. 커피 내리는 연습도 하고 스낵 메뉴도 만들어보자고 해서 우리 스스로 내린 결정이었다. 사무실에서 일을 하다가도 스윽 내려가서 커피를 한번 타보고, 지나가는 동네 어르신들이 궁금하다고 들어오시면 커피 대접도 했다.

앞으로 이 공간에서 벌어질 일들에 대해 차분하게 이야기를 나누며 상상했던 시간이었다. 자활 시스템을 만들어보겠다고 호기롭게 선언했지만 그렇게 우리만의 공간에서 온전히 누린 석 달의 시간만으로도 충분히 의미가 있었다. 현정의 피부관리숍을 오픈할 때는 배에 오직 한 사람만 태우고 출발하는 심정이었는데, 이번에는 사람들로 가득 찬 배를 타고 함께 출발하는 느낌이었다. 무척이나 든든하고 고마웠다.

신길동 그가게에서 가장 먼저 한 것은 전국의 자활 지원센터에서 만든 자활 상품을 위탁 판매하는 일이었다. 카페 운영이 처음이었던 우리에게 커피를 만들고 스낵 메뉴를 만드는 일은 사실 버거웠다. 하지만 당시 탈성매매 여성들이 만든 자활 상품을 판매할 수 있는 곳은 어디에도 없었다. 솔직히 판매보다 우리도 무언가 충분히 해낼 수 있다는 걸 세상에 보여주고 싶었다. 그렇게 전국에서 올라온 자활 상품은 신길동 그가게 한쪽에 자리 잡았다.

신길동 그가게의 스태프들은 소개 자료를 만들고 먼지를 닦고 때로 상품의 위치를 바꿔가며 정성을 다했다. 깔끔한 바리스타 복장을 갖추고 커피도 제법 내리며 손님 응대에도 서서히 자신감이 생기기 시작했다. 신입 스태프들을 위해 매뉴얼을 수정하고 평가회의도 게을리하지 않았다. 우리는 카페를 느슨하게 운영하지 않기 위해 나름대로 의미를 부여하며 열심히 활동했다.

대안 문화공간을 표방하는 카페답게 한 달에 한 번 플러그를 뽑고 한 박자 천천히 살아보자는 슬로우 라이프 캠페인을 비롯해 다국적 기업이나 중간 유통을 거치지 않고 제3세계 커피 농가에 합리적인 가격을 지불하는 공정무역의 원두를 사용했다. 인문학 강좌와 인디밴드의 공연과 북토크도 자주 있었다. 때로는 근사한 파티로 우리 스스로에게 큰 즐거움을 안겨주기도 했다. 슬슬 공간이 비좁다고 느껴질 즈음 훨씬 넓은 옆 공간으로 이사도 했다. 신길동 그가게를 찾는 사람들은 점점 더 많아졌다. 관련 단체들의 회의도 많이 열렸고, 전국의 탈성매매 여성 지원기관에서도 가게를 자주 방문했다. 많은 분들이 일부러 찾아와 우리를 격려해주었다.

신길동 그가게를 오픈한 지 2년이 지날 무렵 우리는 제법 돈을 모을 수 있었다. 동네마다 ○○○ 그가게 간판을 걸어보겠다는 우리의 큰 그림을 펼칠 때가 온 것이다. 우리가 가장 먼저 점찍은 동네는 홍대 근처였다. '우리도 중심가에서 한번 놀아보자'는 마음과 함께 불특정 다수의 사람들이 찾아오는 도심 한복판에서 카페다운 카페를 제대로 해보고 싶다는 야심이 생겼다. 드디어 상수동에 마음에 드는 공간을 찾았다. 약간의 권리금은 있었지만 큰 문제는 되지 않았다. 상수동 그가게, 이름도 근사했다. 계약 절차가 어느 정도 진전된 후 전체 회의에서 그 사실을 이야기했다.

"드디어 신길동 그가게 2호점이 생겼어요!"

그때 그 자리에 있었던 모든 사람들의 눈빛이 유난

히 반짝였다. '와~' 하는 작은 탄성과 함께 누군가 치기 시작한 박수 소리가 점점 커졌다. 신길동 그가게를 시작하면서 동네 곳곳에 ○○○ 그가게의 간판을 다는 것이 우리의 꿈이라는 이야기를 종종 했는데 친구들은 그저 먼 이야기로만 들었나보다. 모두들 '지금 이게 꿈이야? 생시야?' 하는 눈빛이었으니 말이다. 우리는 무사히 상수동 그가게를 오픈했다. 어떠한 외부 지원 없이 우리의 힘으로 마련했다는 자신감이 그 작고 아담한 공간을 가득 메웠다. 이제야 비로소 우리를 믿어주는 듯 손님들의 발길이 끊이지 않았다. 그렇게 신길동 그가게의 경험을 밑천 삼아 어렵지 않게 2호점 운영을 시작했다.

그러나 순항은 오래가지 못했다. 오전과 오후 2교대로 가게 문을 열고 닫는 스태프들의 지각과 결근이 잦아지기 시작했다. 스태프들의 얼굴은 갈수록 어두워져갔고, 언제 문을 열고 닫겠다는 손님과의 약속은 제대로 지키지 못했다. 상수동 그가게의 분위기는 처음 같지 않았다. 스태프들은 스태프들대로, 사무국은 사무국대로 지치고 힘든 시기를 보내고 있을 때 스태프들과 진지한 대화의 자리를 만들었다. 한 스태프가 이렇게 말했다.

"상수동 그가게에 오면 우울증이 더 심해지는 느낌

이에요. 외딴 섬에 나 홀로 있는 그런 느낌이 들어요. 너무 외롭고 힘들어요."

우리는 그제야 이유를 알 수 있었다. 미안한 마음에 고개만 주억거렸다. 신길동 그가게에서처럼 밝고 힘차게 일할 수 있으리라는 기대는 순진한 착각이었다. 아는 사람이라곤 한 명도 없는 낯선 동네의 작은 가게 안에 갇혀 좋아하지도 않는 커피를 불특정 다수의 사람들에게 웃으며 판매한다는 것은 결코 쉬운 일이 아니었다.

많은 사람들이 신길동 그가게에서 커피를 주문하며 스태프들에게 따뜻한 응원과 격려를 보내주었다는 것을 까맣게 잊고 있었다. 온화한 미소와 따뜻한 말 한마디에 스태프들은 큰 힘을 얻었던 것이다. 사무국 활동가들의 애정 어린 잔소리와 감시의 눈초리마저 그들에게는 없어선 안 될 든든한 지원군이었다는 것도 알게 되었다. 신길동 그가게에서 누릴 수 있는 정서적 지지 없이 마냥 홀로 버티고 있어야 했던 상수동 그가게 스태프들의 고충이 가슴 깊이 와닿았다. 그들에게 너무나도 미안했다.

그렇게 2년의 계약 기간을 끝으로 상수동 그가게를 정리했다. 그 일을 계기로 우리는 많은 것을 배우게 되었다. 탈성매매 여성이 자활하는 데 그 무엇보다 정서적 지지가 중요하다는 것을 알게 되었다. 이 깨달음과 함께 자활 사업장의 양적 팽창을 꿈꾸었던 우리는 계획을 수정해야만 했다. 어쩌면 동네마다 가게를 만들겠다는 ○○○ 그가게 모델은 애초부터 잘못된 생각이었는지도 몰랐다. 탈성매매 여성 한 사람을 일으켜 세우고 부축해 일을 할 수 있도록 돕는다는 것은 여럿이 만들어가는 촘촘한 정서적 지지망이 존재할 때 가능한 일이다. 마치 숨 쉴 수 있는 공기와 같은 이런 네트워크 없이 하나의 매장이 두 개가 되고 세 개가 될 수는 없다. 결국 우리에게는 양적으로 대결할 수 없는 태생적 한계가 있음을 인정해야 했다. 우리는 신길동 그가게에 더욱 집중하기로 했다.

상수동 그가게에서의 경험은 신길동 그가게 운영에도 많은 영향을 주었다. 카페 운영은 생각보다 간단한 일이 아니었다. 카페는 그야말로 요식업계의 종합예술이다. 기본적인 커피와 음료를 비롯해 간단한 스낵 메뉴를 갖춰야 하는 본연의 일 외에도 해야 할 일이 너무 많았다. 공간을 꾸미고, 계절별로 새로운 메뉴를 개발해야 했으며, 그외에도 다양한 문화행사를 기획해야 했다. 신길동 그가게에서도 인문학 강의를 비롯해 여러 문화행사가 있었다.

그런데 시간이 갈수록 점점 재미가 없어졌다. 왜 이

곳에서 인문학 강의를 하는 것인지, 음악과 문학이 우리에게 왜 필요한지 스태프들의 공감을 이끌어내기에 역부족이었다. 행사 기획과 추진은 여전히 사무국 활동가들의 주도로 진행되고 있었다. 문화적 감수성이 단기간의 교육으로 시험공부 하듯 채워질 수 있는 부분이 아님을 절감하게 된 시간이었다.

그 이후로 우리는 달라졌다. 행사나 모임 중심의 카페로 꾸미기보다 카페 본연의 업무에 충실하기로 했다. 완성도 있는 커피를 제공하기 위해 커피에 대해 공부하기 시작했다. 그리고 원두 로스팅을 시작했다. 로스팅은 생각보다 힘들고 어려웠다. 그러나 우리는 포기하지 않았다. 활동가가 로스팅을 배우고 그것을 다시 친구들에게 가르쳐주고 또 외부에서 전문가를 초빙해 교육받으면서 커피의 전문성과 완성도를 놓지 않기 위해 공을 들였다.

신길동 그가게에서 일할 때 대부분의 스태프들은 그곳을 완전한 일자리로 생각하지 않았다. 멋진 바리스타 복장을 제공하고, 직함을 부여하고, 명함을 만들어 제공해도 단지 거쳐 가는 일자리로 생각하는 듯했다. 언제든 '별다방'이나 '콩다방' 같은 대형 프랜차이즈 카페로 옮겨 갈 생각을 하고 있다는 느낌을 받았다. 아무래도 자활지원센터에서 만드는 일자리다 보니 자활 프로그램의 일부에 지나지 않는다는 생각을 가지고 있었을 것이다. 그럼에도 우리는 언제나 친구들에게 말했다. 지금 이곳이 여러분의 일터라고.

서울 경복궁역 부근에 좋아하는 카페가 있었다. 공간도 제격이었고, 커피도 맛있었지만 무엇보다 바리스타들이 즐겁게 일하는 모습이 아름다웠다. 신길동 그가게 스태프들에게서는 보기 어려운 모습이라 부러운 마음 한가득 품고서 자주 갔던 곳이다. 그리고 가끔씩 신길동 그가게 스태프들과 함께 현장실습의 명목으로도 찾았다. 그날도 평소와 마찬가지로 카운터에서 커피를 주문하고 자리로 이동하려는 참이었다. 주문을 받던 바리스타가 내게 말을 걸었다.

"혹시 대표님 아니세요?"

"어머, 누구세요?"

나는 너무 놀라 누구시냐고 물었다. 누구인지 도저히 알 수 없었다.

"저 민지예요. 신길동 그가게에 있었잖아요."

"아니, 근데 어떻게 몰라볼 수가 있지?"

"제가 윙에 있었을 때가 10대였으니 지금은 나이를

많이 먹었죠(웃음)."

가만히 들여다보니 민지가 맞았다. 세상에, 거기서 민지를 만나다니 생각지도 못한 일이었다. 크게 놀란 나는 자리로 돌아와 생각에 빠졌다. 그때 민지가 직접 조심스럽게 커피잔을 들고 다가왔다.

"윙에 있으면서 차근차근 배워서 여기까지 왔어요. 고마워요, 대표님."

나는 한참을 커피잔에 고개를 떨구고 있었다. 눈물이 나서 도저히 얼굴을 들 수 없었다. 한 번도 기대한 적 없었는데 어떻게 민지가 내 앞에 있을까 생각했다. 그것도 평소에 우리가 동경해 마지않았던 그 카페에서, 그곳의 멋진 바리스타가 된 민지를 만나다니 정말 꿈만 같았다. 그리고 생각했다.

'친구들이 신길동 그가게에서 잘 배웠구나. 이렇게 잘 살고 있다니! 우리가 함께한 시간들이 무의미하진 않았구나. 그때 친구들이 그렇게 투덜댔어도 열심히 했던 거였구나. 고맙다. 신길동 그가게의 모든 스태프들!'

민지를 비롯해 어딘가에서 바리스타로 오늘도 열심히 커피를 내리고 있을 신길동 그가게 스태프들이 보고 싶어졌다.

정직한 손작업

탈성매매 여성이 자활지원센터에 출근한다고 해서 바로 일을 할 수 있는 것은 아니다. 몸과 마음의 회복이 중요하기도 하지만 자활지원센터의 작업장 안에도 일의 경중이라는 게 있기 때문이다. 이때 진입 장벽이 대체로 낮은 분야가 핸드메이드 분야다. 다양한 형태의 손작업이 여성들에게 꽤 친숙한 행위인 데다 집중하다 보면 치유의 효과도 있다.

윙도 자활지원센터를 시작할 때 망설임 없이 이 분야를 선택했다. 처음에는 작업장 친구들의 요구사항에 따라 퀼트를 하기도 했고, 수제 인형을 만들기도 했다. 미싱과

손바느질을 이용해 패브릭 소품도 만들었다. 시간이 흐르자 취미 생활을 넘어 생계를 위한 일자리로 확장할 수 있을지 궁금증이 들기 시작했다. 치유와 취미를 목적으로 하는 것도 나쁘지 않았지만 그런 식으로 계속하기에는 아쉬움이 컸다. 우리에게는 그다음 단계가 필요했다.

우리의 일에 의미를 부여하는 것도 중요했지만, 그 일로 돈을 벌어 생계를 꾸릴 수 있었으면 싶었다. 우리는 환경의 중요성을 생각해 천연 화장품과 천연 비누를 만들기 시작했다. 그러나 제조와 유통 과정의 한계를 돌파하지 못하고 이내 중단해야 했다. 그 뒤 접하게 된 것이 규방공예였다. 친구들은 온 정성을 다해 한 땀 한 땀 바느질했다. 그러나 그 역시 대중성과 수요 측면에서 썩 매력적이지 않았기에 또 다른 시도를 해야만 했다. '이 정도는 할 수 있겠지' 생각했던 친구들 중에서도 막상 핸드메이드 작업이 적성에 맞지 않는 경우가 있었고, 섬세한 손작업이 요구하는 능력을 갖추지 못하는 친구들도 많았다.

작업장의 모든 구성원이 고루 능력을 갖춰 완성도 있는 제품을 생산해내는 것은 우리의 여건과 상황에서 쉽지 않은 일이었다. 그럼에도 끈질기게 우리에게 맞는 손작업 아이템을 찾았던 것은 치유와 자기만족에 머무는 작품을 만들기보다 다양한 사람들이 실제로 구입해 쓸 수 있는 제품을 만들어 선보이고 싶었기 때문이다. 십여 명이 넘는 핸드메이드 작업장의 친구들을 재주 있는 한두 사람의 능력에 기대도록 둘 순 없었다. 우리는 '팔리는' 핸드메이드 제품을 만들고 싶었다.

아무리 손작업이라도 매뉴얼대로 작업하면 같은 수준의 제품이 어느 정도의 수량만큼은 나올 수 있어야 한다고 생각했다. 무엇보다 사람들이 계속해서 찾을 수 있는 핸드메이드 제품을 기획하기 위해 많은 고민과 토론을 거쳐 시장조사를 병행했다. 직접 색채학을 공부했고, 다양한 전시와 제품들을 둘러보며 감각을 키웠다. 각종 벼룩시장과 플리마켓도 마다하지 않고 참여했다. 거리의 좌판에서 우리의 제품을 사람들에게 선보이며 이야기를 듣는 것도 많은 공부가 되었다. 제품 하나하나를 자꾸 세상에 내놓고 사람들과 만나다 보니 소극적으로 움직이던 손작업도 서서히 빛을 발하기 시작했다.

결국 우리는 최후의 손작업으로 천연염색을 택했다. 미술 수업을 진행해준 선생님에게 천연염색을 소개받을 때부터 느낌이 왔다. 천연염색이라는 아이템은 처음부터 느낌이 왔다. 자연의 재료로 만들어 인공적이지 않은 색

3. 여성과 일

감이 나온다는 것도 좋았고, 우리 고유의 전통 방식을 이어간다는 것도 마음에 들었다. 무엇보다 손작업으로 대량 생산이 가능한 점도 좋았다. 작업 매뉴얼만 잘 만들어놓는다면 새로 들어온 스태프들도 큰 어려움 없이 할 수 있을 것 같았다.

우리는 외부 전문가의 천연염색 수업에 참여하며 준비해나갔다. 일단 활동가가 기술을 배워 오는 것이 우리의 방식이었다. 외부 전문가에게 기대는 것으로 작업장을 유지하기는 힘들었다. 결국은 우리가 직접 해야만 했고, 그러기 위해서는 활동가부터 나서서 배워야 했다. 그래야 친구들에게 알려줄 수 있었고, 갑자기 작업장에 변수가 생겨도 차질 없이 일을 진행할 수 있었다. 윙의 도제 시스템은 이렇게 만들어졌다.

양파 껍질을 이용해 노란색 물을 들이고, 소목(나무)과 쪽(청대)을 이용해 각각 붉은 계열과 푸른 계열의 색을 다양하게 만들 수 있게 되었다. 염색에 사용할 수 있는 천연 재료는 생각보다 많았다. 동대문 시장에 가서 원단을 고르고, 반제품을 구입해 연습하기 시작했다. 손수건, 스카프, 머플러, 티셔츠, 에코백 등 만들 수 있는 제품의 종류도 다양했다. 우리는 더욱 적극적으로 홍보했고, 돈을 들여 제대로 패키지 디자인을 했다. 또한 윙의 홈페이지에 온라인 쇼핑몰도 오픈했다. 신길동 그가게에서는 늘상 우리의 천연염색 제품들이 판매되고 있었다. 그렇게 많은 이들의 주문이 이어졌는데, 특히 단체선물로 인기가 좋았다.

천연염색 제품을 만들면서 우리가 경계하며 지키려고 했던 것들이 있다. 손작업이 주는 치유적 효과에 만족하지 않고, 일로서 수익을 내도록 하는 것이었다. 그 당시 자활지원센터의 정체성은 '인큐베이터'로 설정되어 있었다. 자활지원센터를 자활을 준비하고 지지하기 위한 과정으로 여겼던 것이다. 따라서 대부분의 단체들은 자활지원센터가 직장으로만 인식되는 것을 원치 않았다.

이 지점에서 우리는 반대편에 서 있었다. 윙은 자활지원센터 자체를 잠시 거쳐 가는 곳으로 생각하지 않았다. 또한 친구들을 인큐베이터에 들어가야 하는 '미숙아'의 상태로 보는 것을 거부했다. 카페는 카페대로, 핸드메이드 작업장은 천연염색 제품을 만들면서 각각 완전한 일자리를 만들고자 했다. 치유를 한 다음 일을 시작하는 것이 아니라 일을 통해 과거의 상처와 대결하는 다소 위험한 선택을 감행한 것이다.

당시 성매매, 가정폭력, 성폭력 등 여성폭력 피해자

를 지원하는 시설들 중 정책적으로 자활의 개념이 도입된 곳은 성매매 피해여성 지원시설이 유일했다. 그러나 우리 윙은 너무도 작은 단위였으며, 사회적 낙인과도 싸워야 했다. 고민 끝에 다양한 여성폭력 피해자들을 포괄할 수 있는 자활사업을 떠올렸다. 그렇게 되면 자활의 기반이 넓어지고, 사회적 낙인도 어느 정도는 상쇄될 수 있을 테니까. 우리가 제안한 사업은 손뜨개 수세미를 만드는 것이었다. 재판을 앞둔 여성들은 쉼터에서 편치 않은 나날들을 보낸다. 잠시라도 불안과 걱정에서 벗어나 집중해서 손뜨개를 하다 보면 마음의 위안과 함께 작은 성취감을 얻을 수 있을 것 같았다. 또한 큰돈은 아니더라도 용돈 정도는 벌 수 있었다.

윙은 '여성인권수세미'라고 이름 붙인 수세미를 만들어 성매매 쉼터를 비롯해 가정폭력·성폭력 쉼터에 외주를 내보냈고, 그것을 취합해 검수한 후 대형마트를 중심으로 몇몇 생협에 납품했다. 쉼과 치유가 마냥 쉬는 것만을 의미하는 것은 아니다. 우리는 손작업이 주는 힘을 믿었고, 어떻게든 자활의 판을 키우고 싶었다.

우리는 염색 작업을 할 때 스태프들이 반드시 매뉴얼을 보면서 작업하도록 했다. 가끔씩만 하는 이벤트가 되지 않도록 매일 꾸준히 일정 시간을 들여 작업했다. 작업 후에는 꼭 작업일지를 작성했고, 담당 활동가는 마치 숙제 검사하듯 매번 피드백을 써주었다. 이런 과정이 쌓이자 실력도 자연히 향상되었다. 꼼꼼히 작성해온 작업일지를 찾아보며 염색 작업을 확인하고 개선할 수 있었다. 정기적인 품평회를 통해 계절별 신상품을 선별하고, 따끔한 충고와 조언도 가감 없이 받아들일 수 있도록 훈련했다.

그러다 보니 제품의 질은 물론이고 스태프들이 일을 대하는 태도와 자세부터 달라졌다. 능력 있는 한두 사람 위주로 작업장이 운영되지 않도록 구성원 각자의 고유한 능력을 찾아내는 섬세한 감각을 잃지 않으려 애썼다. 그때그때 수정하고, 변경하고, 첨가하기를 여러 번 반복한 끝에 탄생한 우리의 천연염색 제품 '인디고핸즈'는 윙을 대표하는 자활 상품으로 자리 잡았다. 꾸준함은 우리를 거기까지 데려다주었다.

이런 손작업 외에 몸 전체를 쓸 수 있는 작업으로는 무엇이 있을지 생각했다. 목공을 배워보면 어떻겠냐는 의견에 주저 없이 내가 먼저 해보겠노라고 손을 들었다. 그리고 평소 목공에 관심을 보인 스태프였던 보경과 함께 매주 목요일 퇴근 후 성수동에 있는 목공 교육장으로 갔다. 막상 가서 해보니 생각만큼 고된 작업은 아니었다. 다만 목공은 꼼꼼함이 필수적으로 요구되는 작업이었다. 우선 도면을 완벽하게 그린 다음 그대로 나무를 재단해 작업을 시작해야 했다. 치수에 오차가 생기지 않도록 확인에 확인을 거치고 치수대로 재단한 나무와 나무를 연결하는 것이 핵심이었다. 작업 후의 뒷정리에서도 마찬가지로 꼼꼼함이 요구되었다.

이상하게 목공 작업을 하고 나면 알 수 없는 뿌듯함이 온몸을 감쌌다. 누구보다 우월한 신체적 힘이 생긴 것 같았고, 뭔가 해냈다는 성취감이 들기도 했다. 꼼꼼함과 세심함은 여성들에게 유리한 덕목이기에 우리는 윙의 친구들이 목공을 해보기를 바랐다. 그러나 대부분의 친구들은 관심만 보일 뿐 직접 해보려고 들지는 않았다.

그래도 관심 있는 몇몇 친구들이 목공을 하겠다고 나섰고, 우리는 윙 건물 1층에 마련한 목공작업장 '뚝딱뚝딱'에서 주로 책상을 제작했다. 간단한 목공 제품을 만들어보는 원데이 클래스도 진행하고 주문받은 책상도 제작했다. 한창 인문학 수업을 진행하던 때라 책상 만드는 일에 의미를 부여하고 정성을 다했다. 그렇게 우리 힘으로 우리의 책상과 식탁을 만들었다.

자립을 준비하는 우리들에게 '나를 위한 공간'은 간절한 소망이었지만 그 공간을 당장 마련하기란 불가능에 가까웠다. 그러나 '나의 책상'을 갖는 일은 목공을 통해 당장이라도 실현해볼 수 있었다. 그 책상에서 책을 읽고, 글을 쓰고, 음악을 들으며 맘껏 상상의 나래를 펼칠 때, 우리에게 어떤 힘이 생길지 생각만 해도 가슴이 떨렸다. 그래서 우리는 더욱 열심히 책상을 만들었다. 더 많은 여성들이 자신의 책상에서 자신만의 세계를 만들어가길 바라는 마음으로 '여자들의 책상 갖기' 캠페인도 기획했다. 우리가 만든 첫 번째 책상은 치유적 글쓰기 수업으로 내면의 힘이 무엇인지 알게 해준 이숙경 감독님의 것이 되었다.

카메라를 타고 날자

2004년 성매매방지법이 제정되자 윙에 대한 언론의 관심과 취재가 늘어났다. 기자들의 방문도 잦았고, 무엇보다 취재 요청이 많았다. 우리는 친구들에게 인터뷰에 응해달라고 어렵게 부탁하곤 했다. 그러던 어느 날이었다. 다큐멘터리를 찍는 감독이 내게 인터뷰를 요청했다. 질문에 대한 나의 생각을 정리해 말했는데도 몇 번을 다시 찍었다. '내가 대답을 잘못했나? 질문에 정답이 있는 것도 아닌데……'라고 생각하며 재촬영에 응했다.

결국 감독은 자신이 원하는 대답을 말하며 그렇게 이야기해달라고 했다. 듣고 싶은 대답이 따로 있었던 것이다. 나는 그렇게 할 수 없다고 답하며 촬영을 접었다. 그때 문득 친구들이 떠올랐다. 그동안 인터뷰 요청에 많이 응했는데 혹시 마음 상한 일은 없었는지 걱정이 되었다. 당장 친구들과 만나 인터뷰와 관련된 이야기를 나눴다. 친구들은 기분 나쁜 적도 있었고, 무례하다고 생각된 적도 많았지만 우리 기관과 아직도 업소에 있을 다른 여성들을 위해 응해왔다고 말했다.

"우리 이야기는 이제 우리가 직접 하자."

"그래, 이제 우리가 직접 카메라를 들고 찍자."

그날 밤 우리는 사람들이 짜놓은 각본을 앵무새처럼 읊지 말자고, 우리의 이야기는 우리가 직접 하자고 약속했다. 사무국은 더욱 바빠졌다. 영상을 처음 접하는 만큼 워크숍을 통해 카메라와 친해질 수 있는 기회가 필요했다. 뜨거운 여름날 우리는 '여성영상집단 움'과 함께 한적한 어느 숲으로 들어갔다. 드디어 영상 워크숍이 시작되었다. 내가 누구인지 길게 설명할 필요도 없고, 좀 더 근사하게 보이려고 다듬을 필요도 없는 안전하고 편안한 사람들 속에서 보냈던 일주일이었다. 있는 그대로의 자신을 마주하며 마음속에 감춰두었던 이야기들을 꺼냈다. 서로가 서로에게 질문을 던지는 사람이 되었다가, 그 질문에 답하는 사람이 되었다가, 조용히 듣기만 하는 관객이 되어보기도 했다. 그렇게 이야기는 글이 되었고, 다시 영상으로 만들어졌다.

2005년 9월은 성매매방지법이 시행된 지 1년이 되는 해였다. 이전의 윤락행위등방지법에서 성매매 피해여성을 도덕적 낙인과 함께 사회적으로 완전히 무의미한 존재로 규정했다면, 성매매방지법에서는 도덕의 잣대를 걷어내고 피해여성을 정치적 주체로 받아들이려는 움직임이 나타나기 시작했다. 우리는 성매매방지법 시행 1주년을 우리만의 방식으로 기념하고 싶었다. 그래서 탈성매매 여성들이 영상을 통해 자신의 이야기를 많은 사람들 앞에서 선보일 수 있는 자리를 만들기로 했다.

지금은 없어진 대학로의 멋진 극장에서 제1회 영상 시사회 '빛으로 만나는 세상'을 내놓았다. 여성부에서 시사회에 꼭 참석하고 싶다고 연락이 왔다. 우리는 '인사말만 하고 가려거든 참석하지 않아도 된다'고 전했다. 그날 여성부 장관은 처음부터 끝까지 자리에 앉아 친구들의 영상을 유심히 보았다. 그리고 맨 마지막 순서로 나와 다정하고 긴 인사말을 해주었다.

첫 번째 시사회의 여파는 작지 않았다. 많은 이들에

게 칭찬과 박수를 받았다. 탈성매매 여성이 직접 자신의 이야기를 영상으로 만들었다는 사실 자체를 가장 놀랍고 감동적으로 받아들인 이들은 사회복지사인 활동가들이었다. 자신들이 늘 돌봐주어야 하는 수동적인 클라이언트라고 생각했던 이들이 이렇게 멋지게 해내는 걸 보고 이제껏 배워왔던 사회복지 개념에 균열이 생겼다고 고백했다. 이런 평들은 우리의 자신감을 한껏 북돋아주었다. 무엇보다 가장 큰 선물은, 자기만 알고 있어야 한다고 생각했던 내밀한 이야기를 따뜻한 사람들과 안전한 공간에서 맘껏 쏟아낸 친구들이 느꼈을 세상과 사람들에 대한 새로운 감각이었다.

이후 우리는 이 영상제를 여성인권영상제로 이름 붙이고 매해 9월 성매매방지법 시행을 기념해 열었다. 그때는 좋은 극장에서 영상제를 하고 싶은 마음이 그렇게 컸다. 아마도 세상에서 가장 멋진 극장에서 당당히 감독으로 서 있을 친구들을 상상하며 행복해했던 우리의 허영심을 채우느라 그랬는지도 모르겠다. 홍대 한복판에 공사 중인 터가 있었는데 주위에 알아보니 그곳에 극장이 들어선다고 했다. 극장이 완공되면 거기서 영상제를 해야겠다고 생각하며 공사가 끝나기를 기다렸다. 2008년 드디어

3. 여성과 일

극장이 완공되었고, 한걸음에 달려가 대관 신청을 한 다음 제4회 여성인권영상제 '미디어를 넘어서'를 개최했다. 그사이 우리는 필리핀으로 날아가 '글로벌 여성인권영상제'를 개최했으며 함께 모여 영화 보고 이야기를 나누는 '뒹굴뒹굴 영화제'를 비롯해 지역의 탈성매매 여성들을 찾아가 동일한 과정을 진행하는 '레인보우 토크'도 추진했다. 감독이 된 친구들은 직접 영상 워크숍을 진행할 수 있을 정도로 실력이 쌓였다.

어느 날 은행을 다녀오는 길에 영상팀의 핵심 멤버인 수진이 바쁘게 나가는 것을 보았다. 어디 가냐는 질문에 피부미용 학원에 간다는 대답이 돌아왔다.

"영상이 재미있고 좋다며……?"

"그렇긴 한데 먹고사는 길을 찾아야 해서요."

"좋아하는 일을 하면서 먹고사는 것도 해결해보자."

진정으로 좋아하고 가슴 뛰는 일을 찾았는데 돈벌이가 되지 않아 다른 길을 찾는다는 것이 너무 안타까웠다. 가슴 뛰게 좋아하는 일이 생겼다는 것은 얼마나 행복한 일인가. 그러면 그 일을 해야 하지 않을까. 좋아하는 일을 하면서 어떻게 돈도 벌 수 있는지 방법을 생각해보면 되지 않을까. 우리는 알려주고 싶었다. 그렇게 사는 게 진짜 행복이라고 말해주고 싶었다.

그 대화 이후 사무국에서는 본격적으로 영상 하는 친구들의 먹고사는 문제를 논의하기 시작했다. 그동안 쌓은 실력으로 기관 홍보용 영상을 만들면 좋겠고, 영상 워크숍과 관련 프로그램도 참가비를 책정해 받자는 의견이 나왔다. 사실 그때 우리는 두려울 것이 없었다. 이미 여기저기서 영상 제작에 대한 의뢰도 많이 받았고, 영상 워크숍을 하며 꾸준히 장비를 마련했으며 약간의 진행비도 준비해놓은 상태였다. 이제 내용을 담을 그릇이 필요한 시점이었다.

드디어 '여성영상미디어센터'라는 상호로 사업자등록을 하고 윙 2층에 있는 작은 공간에 사무실을 꾸렸다. 인원은 모두 네 명이었다. 계획대로 복지관의 홍보 영상물을 만들고, 그 외 프로그램을 준비하고 진행하며 일을 해나갔다. 월급은 각자 50만 원씩 가져가는 것으로 했다. 좋아하는 일을 하면서 먹고사는 것까지 해결하기 위한 첫 단추였다.

그 정도의 시작은 감수한다는 마음가짐 때문이었을까. 누구도 월급에 대한 불만을 말하지 않았다. 나는 자신 있었다. 그러는 사이 여성부와 노동부의 부처협력 사회적 일자리 지원사업 공고가 떴다. 마치 여성영상미디어센터를 위해 만들어지기라도 한 듯 신청 조건이 우리와 맞아떨어졌다. 1년간 1인당 백만 원의 인건비를 지원해준다는 공고에 망설임 없이 신청했다. 나는 그저 50만 원씩 주던 월급을 백만 원씩 줄 수 있게 되었다고 생각했다.

그러나 그런 지원을 받기로 한 결정이 잘못되었다는 것을 깨닫기까지는 그리 긴 시간이 필요하지 않았다. 1년간 네 명의 월급이 확보되니 한결 마음이 편해졌다. 상황이 나아졌으니 더 적극적으로 일거리를 찾고 작업에 매진할 수 있으리라고 기대했지만, 친구들은 어느새 달라지고 있었다. 이전의 초롱초롱한 눈빛은 사라지고 컴퓨터 앞에 앉아 있는 시간이 늘었다. 더 이상 카메라를 들고 밖으로 나가지 않았다. 불안해진 나는 일거리를 찾으러 다녔다. 마침 여성부로부터 성폭력 예방 영상물 제작 의뢰를 받고 기쁜 마음에 친구들을 찾았다. 좋아할 줄 알았던 친구들은 싸늘한 표정으로 연신 '못한다'고 했다. '아, 내 느낌이 맞구나……' 사회적 일자리가 시작되고 월급이 확보되자 친구들은 묘하게 달라지고 있었다.

국가의 지원을 받는 것이 참 무서운 일이라는 걸 그때 사무치게 느꼈다. 순수히 우리 힘으로 월급을 해결하면서 갔다면 그렇게 되진 않았을 것이다. 일자리 지원사업이 친구들에게 끼칠 영향에 대해 별다른 고민도 없이 너무 쉽게 지원받기로 한 결정을 후회하고 또 후회했다. 그래도 일자리 지원사업의 계약기간까지는 버텨야 했다. 성폭력 예방 영상물 제작은 다른 업체에게 넘기고, 해마다 9월에 개최했던 여성인권영상제는 윙의 옥상에서 진행된 2009년 '옥상영화제'를 끝으로 막을 내렸다. 그리고 우리는 솔직한 이야기를 시작했다.

친구들은 매번 영상을 만들면서 더 이상 오픈하지 못하는 자신을 책망했고, 응원의 마음으로 찾아온 관객들을 검열하듯 한 사람씩 확인하는 일도 힘들었다고 토로했다. 자신이 성매매 여성이었다고 불특정 다수에게 소리칠 용기도 없었고, 매번 안전하다고 판단되는 곳에서만 영상을 틀고 이야기를 나누는 것에 회의가 들었다고 했다. 그런 이야기를 들으면서 속으로 한때나마 '눈빛이 달라진' 친구들을 미워했던 것에 대해 용서를 구했다.

"너희도 힘들었구나. 온전히 자신을 드러내지 못하는데 어떻게 영상을 만들 수 있겠어. 그건 거짓말이지. 그동안 고생 많이 했어. 너무 너무 잘했고, 그런 너희들과 함께해서 행복했어. 정말 고마워."

우리는 통장에서 돈을 찾아 정확히 4분의 1씩 나눠 갖고 해산했다. 5년간 우리는 같은 꿈을 꾸었다. 그렇게 우리의 영화는 끝났지만 함께 영상을 만들고, 서로를 안아주며 울고 웃었던 그 시간만큼은 영화의 한 장면처럼 오래 남아 있을 것이다. 어떤 선물은 양날의 검이 될 수도 있음을 영상팀의 마지막과 함께 마음 깊숙한 곳에 새겨야 했다.

10대들과 함께 일하기

신길동 그가게에 이어 상수동 그가게까지 오픈했을 무렵, 정말 많은 사람들이 매장을 찾아왔다. 당시만 해도 사회복지법인에서 직접 매장을 운영하는 것은 흔치 않은 일이었기에 협력해보자는 제안이 많이 들어왔다. 그러나 우리가 하고 싶은 일은 친구들의 일자리와 관련된 일이었다. 쓸데없이 법인의 규모만 키우는 사업 말고 진정으로 우리가 잘할 수 있는 것, 꼭 해야만 하는 일을 하고 싶었다.

그즈음 서울시에서 연락이 왔다. 탈학교 청소년들을 위한 자립 매장을 운영해보면 어떻겠냐는 제안이었다. 솔직히 청소년만은 피하고 싶었다. 은성원 쉼터 이전의 은

3. 여성과 일

성직업기술원 시절에는 가출 청소녀들이 대부분이었다. 사춘기 10대 소녀들과의 생활은 그야말로 인내의 시간이었다. 하루도 잠잠한 날이 없었다.

그래서 우리는 자연스럽게 성매매방지법 시행 이후 쉼터를 재편할 때 성인 쉼터로 정했다. 어쩌면 당연한 선택이었는지도 모르겠다. 그런데 우리더러 다시 청소년과 만나라고? 처음에는 도망가고 싶었다. 하지만 결국 우리가 해야 할 일이라는 생각이 들었다. 사회와 어른들은 노동이 신성한 것이라고 말하는데 실제로 10대들이 일하는 노동 현장은 무척이나 열악했다. 무엇보다 그들의 노동은 엄연한 노동으로 인정받지 못하고 있었다. 할 수 있다면 청소년도 노동의 주체가 되어 즐겁게 일하면서 배울 수 있는 일자리를 만들어보고 싶었다.

서울시는 합정동에 있는 아담한 2층 양옥집의 지하 주차장 공간과 공사비 5천만 원을 지원하며 탈학교 청소년들이 일을 경험할 수 있는 자립 매장을 만들어달라고 당부했다. 우리는 사업 아이템으로 분식집을 택했다. 커피라는 아이템이 10대들과 별로 맞지 않는다고 판단했기 때문이다. 발랄한 10대 친구들에게는 오히려 동적인 활동이 중심이 되는 능동적인 일자리가 적합하다고 생각했다.

고심 끝에 우리는 분식집을 하기로 했다. 그런데 서울시의 생각은 달랐다. 카페를 원했다. 카페를 해본 우리의 경험을 아무리 이야기해도 소용없었다. 서울시는 카페에 대한 미련을 걷지 못했다. 긴 논의 끝에 결국 분식집과 카페가 공존하는 가게를 열기로 했다.

2010년 11월 드디어 십대여성자립실험실 '조잘조잘 분식&카페'라는 이름으로 문을 열었다. 예상대로 분식점과 카페가 공존하는 사업은 쉽지 않았다. 애초 카페는 오픈 후 적절한 시기에 철수할 계획을 갖고 있었던 터라 미련 없이 카페 영업을 정리한 후 분식점 운영에 집중했다. 친구들은 정말 열심히 일했다. 그렇게 '조잘조잘 분식점'을 오픈한 후 그곳에서 일할 10대 친구들을 모집한 게 아니라 계획 단계부터 친구들과 만나 분식점의 그림을 그려왔기에 함께 호흡하며 일하기 훨씬 수월했다. 즉석떡볶이, 추억의 도시락, 주먹밥, 쫄면, 라면 등이 주 메뉴였는데 모두 우리 힘으로 만든 것들이었다.

우리가 만들었던 것은 음식만이 아니었다. 우리는 존엄한 일자리를 만들고 싶었다. 10대 친구들의 일 경험은 그야말로 무시와 막말로 점철되어 있었다. 그 친구들이 윙에서는 전혀 다른 일과 삶을 경험할 수 있어야 한다고 생각했다. 나이가 많다고, 혹은 지위가 높다고 반말을 하거나 업장에 어울리지 않는 호칭을 사용하는 것을 금했다. 정확히 이름 뒤에 '스태프'를 붙여 부르도록 했으며 가볍게 주고받는 말도 조심하도록 노력했다. 친밀감이란 쉽게 이름을 부른다거나 반말을 한다고 만들어지는 것이 아니기 때문이다. 상대방을 존중할 때 나의 존엄도 함께 올라가게 된다는 것을 이 작은 매장에서 경험했다.

1990년대에 만났던 청소년들은 그렇게 힘들고 버거운 존재가 아닐 수 없었는데, 10여 년이 지나고 다시 만난 청소년들은 성실하게 일하는 존재로 우리에게 다가왔다. 계속되는 부모의 방임과 학대 그리고 어린 소녀들을 끌어들이는 거대한 성산업 등 뒤에 버티고 있는 사회와 어른들은 그대로였지만, 친구들은 쓰러지지 않았고 어떻게든 살아내기 위해 애를 쓰고 있었다.

매장 오픈 이후 서울시는 우리에게 운영비를 지원해 주겠다고 했다. 우리는 그 제안을 거절했다. 운영비를 받으면 도움이 되는 게 사실이었지만, 그렇게 받기 시작하면 회계보고 절차 외에 서울시가 요구하는 모든 사항을 거절하지 않고 들어주어야 할 것 같았다. 방송국의 취재 요청은 물론, 10대 친구들 중에서 '성공 사례'가 될 만한 친구들을 선별해 진행하는 인터뷰에도 응해야 할 게 뻔했다. 더 이상 그렇게 하고 싶지 않았다.

10대들은 우리가 생각했던 것보다 훨씬 더 일에 대한 감각이 뛰어났다. 그러나 그들이 일할 수 있는 기회는 여전히 제한적이었다. 일에 대한 경험을 더 쌓으려면 분식점으로는 부족했지만, 그렇다고 윙의 자활지원센터를 이용하기에는 상황과 조건이 맞지 않았다. 우선 10대 친구들에게는 당장의 용돈이 필요했다. 집을 나와 쉼터에서 생활하는 친구들이 대부분이라 직접 용돈을 벌어야 했는데, 그렇다고 한 달을 꼬박 일해야 받을 수 있는 월급을 기다리며 정규직으로 일하기가 쉽지 않았다. 고민 끝에 우리는 2014년부터 그 친구들의 현 상황에 맞게 하루에 다섯 시간씩 닷새를 일하고 주급으로 월급을 받게 하는 일자리 프로그램을 시작했다. 일명 '하이파이브'라는 이름의 10대 친구들을 위한 프로그램이었다.

그렇게 우리는 조잘조잘 분식점에서 도시락을 만들고, 쫄면을 비비고, 라면을 끓이고, 주먹밥을 만들었다. 요리 전문가의 도움 없이 순전히 우리끼리 만들어낸 음식이었다. 친구들은 분식점에서 일하는 것 외에도 여러 프로그램에 합류했고, 공부도 게을리하지 않았다. 십대여성자립

실험실이라고 해서 10대 여성들만 일했던 것도 아니었다. 10대들이 일을 잘할 수 있도록 20대, 30대, 40대, 50대가 든든한 지원군이 되어주었다. 예전 쉼터에서 생활했던 친구가 매니저가 되어 10대 친구들을 이끌었다. 그 외에도 친구들의 손이 미치지 못하는 구석구석을 챙기고, 친구들을 보듬어주는 어른들이 있어서 별 탈 없이 유지되었다.

한때 우리는 청소년과 성인 여성을 구분해 쉼터를 운영해야 한다고 주장했다. 연령대 구분 없이 한 곳에 있으면 서로에게 좋은 영향을 줄 수 없다고 생각했던 것이다. 그런데 어쩌면 이것은 친구들이 아닌 쉼터 운영자의 입장이 아니었을까? 조잘조잘 분식집은 우리의 섣불렀던 편견과 전혀 다른 진실을 일깨워주었다. 또래끼리의 상호작용 못지않게 다른 연령대의 동료들과 접속할 때 비롯되는 힘이 있다는 것을 생생히 마주할 수 있었다.

분식점 운영이 4년을 넘어가자 변화가 필요한 순간이 왔다. 우리가 직접 해보니 요식업체들이 왜 그렇게 자주 메뉴와 간판을 바꾸는지 이해가 갔다. 다양한 고객들의 입맛을 사로잡더라도 그 상태를 계속 유지한다는 것은 무척이나 어려운 일이다. 고객들은 입맛이 까다로울 뿐 아니라 성격도 급해서 결코 기다려주지 않는다. 매장 오폰 후 1~2년 안에 다른 사람에게 넘기고 새로운 곳을 찾아야 돈을 벌 수 있다는 말이 이해가 됐다. 우리에게도 그런 순간이 왔다. 변화를 위해서는 다른 시도가 필요했다. 그렇다면 무엇을 할 수 있을까? 우리는 한 달 동안 가게 문을 닫고 모색에 들어갔다.

그때도 나는 매일 조잘조잘 분식점으로 출근했다. 친구들과 함께 회의를 하면서 지금의 상황을 돌파해보고자 했다. 친구들 입에서 자연스레 떡볶이 전문점을 해보자는 의견이 나왔다. 우리는 바로 현장 조사를 나갔다. 유명하다는 떡볶이 전문점들에 가서 직접 먹어보며 아이디어를 냈다. 그러고 나서 우리만의 메뉴를 구성하고 레시피를 만들었다. 그렇게 한 달을 보내고 새로운 메뉴 품평회 날이 돌아왔다. 우리는 몇 번씩 시뮬레이션을 돌리며 국물떡볶이, 들깨떡볶이, 궁중떡볶이, 빨간떡볶이, 하와이안떡볶이, 과일떡볶이 등등 다양한 떡볶이를 만들어놓고 활동가들과 친구들의 평가를 기다렸다. 이 중에서 가장 높은 점수를 얻은 몇 개의 떡볶이를 메뉴로 정한 후 '조잘조잘 떡볶이'라는 이름으로 매장을 재오픈했다.

손님도 꽤 많았고 반응도 좋았다. 맛집 블로거가 방문해 우리 가게를 정성스럽게 포스팅해주기도 했다. 소소한 규모였지만 우리 힘으로 꾸준하게 떡볶이 가게를 운영해나갔다. 그러나 서울시는 우리에게 '좀 더 번듯한 매장을 운영할 수 없냐'며 압력 아닌 압력을 가했다.

오기가 생긴다는 게 이런 걸까? 우리끼리 복닥거리는 모습이 서울시에게는 뭔가 완성되지 않은 매장으로 보였을지 모르겠다. 그 점도 충분히 이해한다. 그러나 거리에 널린 일반적인 식당과 조잘조잘 떡볶이를 단순 비교하는 태도에 억울하지 않을 수 없었다. 그런 기준이라면 조잘조잘 떡볶이는 기대에 미치지 못하는 게 당연했다. 그렇다고 드러내놓고 자립 매장의 정체성을 상기시키자니 친구들을 '위기 청소년'이라는 편협한 프레임으로 가시화하는 것 같아서 불편했다.

고민 끝에 요식업 분야의 전문가에게 찾아가 우리의 사정을 이야기하며 도움을 청했다. 우리에게 맞는 브랜드를 갖고 싶다고, 방법을 강구해보고 싶다고 했다. 복잡한 메뉴나 어려운 레시피 말고, 매뉴얼을 보면서 어느 정도의 훈련만 거치면 누구나 할 수 있도록 메뉴를 개발해달라고 부탁했다. 고민해보겠다는 대답을 듣고는 조금 안심이 되었다. 전문가는 생각보다 빨리 연락을 주었다. 그렇게 탄생한 것이 오리엔탈 덮밥 브랜드인 '오덮밥'이었다.

일은 삶의 척추다

우리는 한 달 동안 모든 메뉴의 조리법을 배우고 익혀야했다. 또한 주방을 책임질 사람을 정해 대구 본사로 보내야 했다. 사무국에서는 깊은 고민에 빠졌다. 그때 인문학수업을 함께하던 이수영 선생님이 주방을 맡겠다고 나섰다. 우리는 깜짝 놀라 만류했지만, 결국 그의 제안을 받아들이기로 했다.

"윙에서 친구들과 함께 공부하며 지내다보니 의문점이 생겼어요. 제가 보기에 활동가들도 정성을 많이 들이고, 일할 수 있는 환경도 괜찮은데 친구들은 왜 공부도 일도 꾸준히 열심히 하지 않을까요…… 그래서 제가 직접

3. 여성과 일

일하는 현장으로 가서 친구들과 함께 일해야겠다고 생각했어요. 인문학 수업도 잠시 일하는 곳에서 해보려고요."

선생님의 이야기에 충분히 공감이 되었다. 우리는 그렇게 하기로 했다. 선생님은 주방의 모든 것을 배우기 위해 대구로 내려갔다. 그에 맞춰 사무국은 공간 인테리어와 스태프들의 사전교육을 맡아서 진행했다. 이런저런 준비로 분주했지만 무척이나 흥분되고 뿌듯했다. 조잘조잘 떡볶이를 정리하고 오덮밥 준비에 들어가는 모든 비용을 우리의 수익금으로 충당했기 때문이다. 우리는 자활지원센터에서 정한 시급을 초과해 지급했다. 월 100시간으로 제한되었던 노동 시간도 늘려서 친구들이 일을 잘 익힐 수 있도록 했고, 윙의 예산을 동원해 그만큼 급여 조건도 인상했다. 그 외에도 휴가비와 다양한 혜택까지 제공할 수 있었다.

경제적 능력을 키운다는 것은 큰 성취가 아닐 수 없다. 여느 기관의 입장에서는 국가 지원이 보장되는데 굳이 수익사업을 벌여야 하느냐고 생각할 수도 있다. 그러나 윙은 내면의 힘과 경제적 능력을 조화롭게 기르는 것을 목표로 하는 자활지원센터다. 탈성매매 여성들에게 어서 자활을 하라고, 강요 아닌 강요를 하고 있는 실정이었다. 언젠가 윙의 한 친구가 우리에게 장난스럽게 '윙은 자활했어요?'라는 질문을 한 적이 있었다. 그땐 웃어넘겼지만 그 질문이 계속 귓가에 맴돌았다.

여성의 자립을 지원하는 기관이 여전히 국가 지원에 의존하고 있다면 활동에 제한이 생기는 것은 당연하다. 친구들에게 필요한 지원을 제공할 수 있도록 조직 차원에서 재정을 확보하는 것이 중요했다. 이는 조직의 지속 가능한 기반을 구축하는 것과 연결되어 있다. 실제로 윙은 자활지원센터를 시작하기 전 국고보조금에 백퍼센트 의존했는데, 오덮밥을 준비하던 해에는 그 비율이 62퍼센트로 줄었다.

우리가 일자리를 늘려가기로 한 것은 단지 재정 확보 때문만은 아니었다. 자활지원센터에서 일을 배우고 익힐 수 있는 기간은 법적으로 정해져 있었지만 현장에서는 늘 시간이 부족했다. 자활이란 일정 기간 안에 완결 지을 수 있는 것이 아니다. 그렇다고 계속해서 국가에 지원 기간을 늘려달라고 요청할 수도 없는 노릇이다.

이렇듯 우리는 법으로 보장된 기간이 만료되더라도 계속 함께할 수 있는 방안을 고민하는 과정에서 일자리를 늘려가게 되었다. 비록 윙의 일자리가 친구들에게 '완전한' 일자리로 인식되지 못하더라도, 또 그들이 원하는 만큼 경제적으로 보장해주지 못하더라도 윙이라는 공동체 속에서 경제적 가치로 환산될 수 없는 유의미한 무언가를 체득할 수 있지 않을까 생각했다.

그런 점에서 오덮밥은 우리만의 매력적인 브랜드였다. 2014년 11월 드디어 출시된 오덮밥은 출발부터 느낌이 좋았다. 오징어덮밥, 제육덮밥 등등 큰 호불호 없이 누구나 좋아하는 대중적인 메뉴 구성과 합리적인 가격이 큰 장점이었다. 그리고 전문 업체와 함께 만들어서인지 완성도 면에서 이전과는 확실히 달랐다. 인문학 선생님은 주방의 메인 셰프로 음식을 만들어냈고, 친구들도 각자의 자리에서 책임을 다했다. 친구들이 갑작스레 결근하게 되더라도 영업에 지장이 없도록 사무국의 활동가들이 항상 대기하고 있었다.

활동가들은 언제 변수가 생길지 모를 주방과 홀을 지키기 위해 가스 켜는 것과 포스 찍는 방법을 배워두었으며, 대표인 나는 일주일에 한두 번씩 깍두기를 담가서 날랐다. 윙의 모든 사람들이 이 작은 매장을 위해 얼마나 공을 들였는지 모른다. 오후 브레이크 타임에는 모여서 책을 읽으며 인문학 수업을 이어갔으며, 매주 금요일에 있는 등산에도 빠지지 않았다. 친구들은 종종 공부가 우선인지, 일이 우선인지 물었다. 하지만 내 생각은 친구들과 조금 달랐다. 우리가 공부와 일의 경계를 설정하지 않고 자유롭게 넘나들었으면 했다.

　어느 날 10대 후반의 한 친구가 오덮밥에 입사했다. 설거지를 하는데 그릇을 씻고 또 씻었다. 심하다 싶을 정도로 그릇을 씻는 데 오랜 시간이 걸렸다. 아무리 방법을 알려주어도 잘 듣지 않았다. 이야기를 나눠보니 친구는 아버지로부터 늘 설거지를 깨끗하게 하라는 요구를 받으며 수시로 폭력을 당했던 경험이 있었다. 그 이야기를 들은 뒤 우리는 좀 더 느긋하게 지켜보기로 했다. 그리고 친구는 조금씩 설거지에 들이는 시간을 줄여나갔다. 이외에도 사소한 것들과의 싸움이 얼마나 오래 지속되었는지 모른다. 친구들은 자신의 생각과 습관을 고수하려 했고, 새로운 무언가를 받아들여야 할 때는 반사적으로 저항하려고 했다. 친구들과 함께 일하는 과정은 그야말로 관성과의 싸움이었다.

　사회에서 열외된 여성들이 할 수 있는 일은 그리 많지 않다. 그럼에도 우리는 일을 찾아야 했다. 남들보다 능력이 조금 떨어지더라도, 아주 작은 일이라도 성실하게 맡아서 할 수 있는 삶의 태도만 있다면 충분히 잘 살아갈 수 있는 세상이 되어야 한다고 믿었다. 윙이 갖고 있는 일과 삶의 철학도 이와 다르지 않다. 그래서 윙에 찾아오는 친구들이 어떤 상황과 조건에 놓여 있더라도 우리는 무조건 함께 일했다. 사회에서 만들어놓은 제한과 문턱을 이미 무수히 경험했던 친구들인 만큼 윙에서는 별다른 규정을 두지 않기로 했다. 오히려 능력이 떨어지는 친구들에게 더 신경을 썼다.

은주는 흔히 말하는 지적 능력이 경계선에 있는 친구였다. 그래도 매일매일 오덮밥에 출근하는 것을 즐거워했고, 시간은 걸렸지만 어느 순간 단순한 일처리를 할 수 있게 되었다. 혼자 힘으로 제대로 설거지를 하기까지 장장 반년이 걸렸다. 이처럼 단순한 일을 하기까지 그토록 긴 시간이 필요하다는 데 새삼 놀라면서도 그것이 우리의 현실임을 인정해야 했다.

오덮밥에서 일한 지 1년이 되어갈 무렵, 은주는 돈을 꽤 모을 수 있었다. 어렵사리 익힌 삶의 기술을 성실하게 다듬어나간다면 앞으로 살아가는 데 별 지장이 없을 줄 알았다. 그런데 갑자기 은주가 변했다. 예전처럼 일에 집중하지도 못하고, 열심히 하지도 않았다. 그리고 자꾸 그만두겠다고 했다. 이상한 낌새를 눈치챈 우리는 은주가 지내고 있던 쉼터에 연락을 했다. 상황은 이랬다. 쉼터에 새로운 상담원이 입사했는데, 은주에게 언제까지 그깟 설거지만 하면서 살 수 있겠냐며 어서 다른 일을 찾아보자고 부추겼던 모양이다. 그러자 은주도 평소에 관심 있던 애견미용을 하고 싶다고 했고, 그때부터 마음이 붕 떠서 당장 오덮밥을 그만두겠다고 한 것이다.

그런 이야기를 전해 들으면서 얼마나 놀랐는지 모른다. 너무나 폭력적인 말이 아닌가. 그 '하찮은 설거지'를 제대로 가르치기 위해 우리는 반년 이상 정성을 쏟았다. 설거지가 '그깟' 일이라면, 결근 한 번 없이 착실하게 출근해 열심히 일하며 적금을 들어 차곡차곡 자립을 준비하고 있던 은주는 그동안 대체 무엇을 한 것일까. 일이 느리고 서툴러도 짜증 한 번 내지 않고 기다려준 동료들의 모든 노력까지 전부 물거품이 된 느낌이었다. 그렇게 은주는 오덮밥을 떠났다. 이후 우리는 은주가 애견미용학원을 다니다가 중도에 포기하고 쉼터에서 지내고 있다는 소식을 들었다.

세상에 어떤 노동이 하찮은 노동일 수 있을까. 나의 능력을 인정하고 책임 있는 노동을 통해 삶을 꾸려가는 모습은 얼마나 아름다운가. 누군가의 삶에 대해 함부로 평가하고 충고하는 그 상담원은 과연 한 번이라도 은주와 함께 일해본 적이 있었을까? 어쩌면 우리가 싸워야 할 대상은 사회구조나 사람이 아닌 환상일지도 모르겠다는 생각을 했다. 성실하게 쌓아가는 오늘 없이 내일은 뭔가 달라지겠지 하는 생각, 너와 나의 노동은 형편없지만 세상에 다른 멋진 일은 많을 것이라는 착각, 지금은 비록 이렇게 살지만 언젠가는 잘 살게 되리라는 희망. 이런 것들이야말로 우리 삶에서 걷어내야 하는 환상이 아닐까?

그렇게 우리는 환상과 싸우며 우리의 자리에서 열심히 일하며 지냈다. 그사이 윙은 신길동 그가게 옆에 오덮밥의 분점을 오픈했고, 우리는 그곳을 '오덮밥 신길본점'으로 이름 붙였다. 그러다 서울시와의 계약이 끝나갈 즈음 오덮밥 건물의 안전진단 결과가 위험하다는 통보를 받았다. 2010년 11월 조잘조잘 분식&카페로 시작해 조잘조잘 분식점, 조잘조잘 떡볶이를 거쳐 오덮밥까지 이어온 십대여성자립실험실은 2018년 12월 결국 문을 닫았다.

우리는 계속 꿈꾸고 춤출 거예요!

우리는 그동안 '자활'이라는 개념을 스스로 혼자 잘 살아가는 것으로 이해했다. 그래서 학력 취득과 자격증 취득은 물론 안정적인 취업 등이 자활의 필수 조건이라고 생각했던 적이 있었다. 그런데 자격증이 있어도 취업은 계속 미뤄졌고, 원하는 곳에 취업한 경우에도 정작 오래 지속하지 못했다.

문제는 관계에 대한 어려움에 있었다. 서로의 형편을 잘 아는 우리끼리는 잘 지내다가도 윙을 떠나 여러 사람들과 섞이게 될 때면 영락없이 주저앉게 되는 것이다. '어떻게 하면 잘 살 수 있을까?' 이것이 늘 우리의 화두였다.

그리고 우리가 내린 결론은 '함께 살아가는 것'이었다. 이를 실천하기 위해 가장 먼저 윙의 공간부터 개방해보기로 했다. 형편에 따라 무상으로 제공하거나 약간의 비용을 받기도 하면서 우리는 NGO 단체들에게 적극적으로 회의 공간을 제공했다.

우리의 공간은 점차 다양한 사람들이 드나드는 곳으로 바뀌었다. 공간을 이용하는 단체들은 우리의 주방 풍경을 본 후 식사도 함께 준비해줄 수 있겠냐고 문의했다. 그렇게 우리는 공간과 함께 식사를 제공했고, 친구들은 낯선 사람들의 모습에 처음에는 멈칫했지만 점점 익숙해져갔다. 외부 네트워크 회의도 가급적 장소를 윙으로 잡도록 했다. 어느 초여름 저녁이었다. 갓 지은 잡곡밥과 된장국에 고등어조림이 주메뉴였을 것이다. 윙의 중정에 길게 식탁을 준비하고 정성껏 밥상을 차렸다. 약속된 시간보다 늦게 회의에 온 한 명에게는 따로 밥과 국을 가져다주었다. 그는 종일 제대로 식사도 못한 채 몇 군데 회의에 다녀온 직후였다며 맛있게 식사했다. 정말 맛있게 잘 먹었다며 따뜻한 인사를 건넨 그이의 만족스런 표정과 환한 미소가 한동안 지워지지 않았다.

소박한 밥상이어도 커다란 행복감을 전해줄 수 있다

는 것을 그때 확인했다. 덕분에 그동안 마음에 담아두었던 소셜다이닝에 대한 그림을 다시 꺼내 볼 용기를 얻었다. 사실 이미 오래전 소셜다이닝을 시작하면 어떨까 하는 이야기를 사무국 회의에서 꺼낸 적이 있었다. 그러나 내부 반응이 회의적이어서 펼칠 엄두를 내지 못했다. 그런데 우리 공간을 개방하고 다양한 사람들이 이용하면서 행복하게 식사하는 모습을 보니 잠시 밀쳐두었던 소셜다이닝이 다시 하고 싶어졌다. 이제는 시작해도 될 것 같았다. 더군다나 윙의 공간 개방을 통한 교류로 윙과 친구들도 조금씩 변해가고 있었다.

'모든 관계는 함께 밥을 먹는 것에서 시작된다'는 우리의 평소 생각을 그대로 담아 소셜다이닝을 시작했다. 다정하게 둘러앉아 밥 한 끼 먹으면 풀지 못할 문제도, 해결하지 못할 일도 없을 것 같았다. 아무 조건 없이 다양한 사람들과 함께 맛있는 밥을 먹고 싶었다. 그런 자리가 계속된다면 친구들도 상대방의 눈을 똑바로 쳐다보며 맘껏 웃으며 대화하고, 관계도 풍요롭게 만들어갈 수 있을 것 같았다. 소셜다이닝 '다정하게 밥한끼'는 이런 취지에서 시작되었다. 어느 날 한 친구가 이런 말을 했다.

"어제 저녁에 마당에서 손님들이 식사하면서 환하게

웃으며 이야기하는데 정말 행복해 보였어요. 보는 것만으로도 기분이 좋더라고요."

우리가 바라고 원했던 것이 바로 이런 거였다. 계몽이 아닌 전염. 우리도 이렇게 살아야 한다고 어떤 틀이나 생활 방식을 주입하고 강요하는 것이 아니라 자연스레 전염시키고 싶었다. 아늑하고 기분 좋은 공간에서 우호적이고 건강한 사람들과 함께 일상의 작은 행복을 몸으로 느끼면 좋겠다고 생각했다. 환하게 웃으며 건넨 친구의 말을 듣고 나는 속으로 이렇게 외쳤다. '어머나, 너도 그랬니? 나도 그랬어.'

그러던 어느 날, 여성환경연대로부터 연락을 받았다. 후원 잔치에 음식을 해달라는 요청이었다. 그것도 150인분이나. '아니, 우린 케이터링 안 해봤는데……' 멈칫하던 우리에게 충분히 할 수 있다면서 꼭 우리가 맡아주면 좋겠다고 당부했다. 못할 것도 없겠다 싶어서 하겠노라 답하고는 바로 남대문시장으로 달려갔다. 케이터링에 필요한 기자재를 구입하고 돌아오는 발걸음이 무척이나 가벼웠다. 뭔가 새로운 일을 시작할 때는 늘 그랬다. 우리는 의논은 길게 하더라도 결단과 실행은 빨랐다. 케이터링은 생각보다 재미있었고, 때로 묵돈이 되기도 했다. 무엇보다 배우고 얻은 게 너무도 많았다.

수백 인분의 음식을 준비하는 일은 쉽지 않다. 행사에 적합한 메뉴를 만들기 위해 고민에 고민을 거듭한다. 시장, 생협, 마트, 인터넷 등을 돌며 각각 필요한 식재료를 구입하는 데만 사나흘 정도 소요된다. 여기에 행사에 필요한 비품과 집기류를 미리 세척해 준비해야 하고, 하루 이틀 전부터 식자재를 손질해야 한다. 윙의 모든 인력이 달라붙어서 한다고 일의 능률이 오르는 건 아니다. 음식을 한다는 것은 정성을 다하는 세심한 태도와 깔끔한 위생 관념을 필요로 한다. 그저 돕겠다는 마음만으로, 손 하나 보태겠다는 의지만으로 케이터링 음식이 만들어지는 게 아니다. 그래서 철저히 친구들 각자의 능력 위주로 일거리를 배분한다.

꼼꼼한 성격을 지닌 친구에게는 모양을 예쁘게 잡아야 하는 전을 부치게 하거나 모양 썰기를 맡긴다. 남달리 힘이 좋은 친구에게는 식재료와 기자재의 이동을 맡긴다. 뭐라도 힘을 보태고 싶지만 음식 준비에 함께하지 못하는 친구는 중간 중간 간식을 담당해 모두에게 즐거움을 준다. 그리고 행사장에서 입을 앞치마를 다림질해주기도 한다. 왁자지껄 정해진 시간에 맞춰 준비가 끝나면 행사 장소로 이동한다.

　행사장에 가서도 깔끔한 차림새로 서빙해야 한다. 도착한 행사장에서 윙의 친구들은 많은 사람들에게 환하게 웃는 얼굴로 서빙하며 인사를 나눈다. 언젠가 한 친구는 왜 이렇게까지 해야 하냐고, 적당히 일회용품도 사용하고, 공정도 간단한 음식을 만들면 수월하지 않겠느냐며 투덜댔다. 그 친구에게는 우리에겐 정성을 다하는 일 외에 달리 할 수 있는 게 없다고 말해주었다.

　처음에는 친구들이 이렇게 사람 많은 곳에서 괜찮을까 걱정했다. 그런데 의외로 케이터링 행사장에 가는 것을 즐거워했다. 친구들은 사람들의 호의 가득한 눈빛에서 격려와 응원을 받았다. 고객의 대부분이 우리와 네트워크가 있는 NGO 단체들이어서 서로가 어떤 단체인지 잘 알았다. 그들은 한 명씩 눈을 맞추며 '잘 먹었다, 수고했다'며 다정한 인사를 건넸다. 저 눈빛과 말 한마디에서 친구들이 힘을 얻는구나 싶어 가슴이 뜨거웠던 적이 많았다.

　따뜻한 온기가 필요한 이들에게는 치유의 밥상으로, 투쟁의 현장에는 도시락 연대로 우리의 마음을 보탰다. 여성단체, 환경단체, 청소년단체, 지역의 복지단체 등 케이터링이 필요한 곳이라면 어디든 기쁜 마음으로 달려갔다. 물론 돈도 벌었지만 무엇보다 어디에서나 열심히 일하는 친구들의 모습을 직접 보는 것이 더 좋았다.

시간이 흐른 만큼 우리의 공간들은 군데군데 조금씩 노후했다. 신길동 그가게도, 오덮밥 신길본점에도 새로운 변화가 필요했다. 고민했던 공간 리모델링을 더 이상 미룰 수 없게 되었다. 우리는 기존 신길동 그가게의 1층과 사무실이었던 2층을 터서 1층은 오덮밥, 2층은 카페로 재배치하기로 했다. 그러나 생각대로 잘되진 않았다. 하나의 출입구를 두고 층만 달리한 채 식당과 카페가 공존하는 방식을 두고 의견이 분분했기 때문이다. 몇 번의 긴 논의 끝에 우리는 1층과 2층을 모두 카페로 만들기로 했다. 이왕 하기로 한 것 신길동 그가게 대신 새로운 이름을 지었다. 그렇게 해서 만들어진 이름이 '곁애'이다.

신길동 그가게가 친구들의 일자리에 초점을 맞춘 노동의 공간이었다면, 곁애를 통해서는 우리의 삶에 직접적인 영향을 미치는 가치들을 함께 나누고 싶었다. 직접 로스팅한 커피와 건강한 식사를 즐기는 공간, 정직한 핸드메이드 제품을 만날 수 있고, 저자와 직접 만나는 북토크와 인문학 강의는 물론 작은 콘서트가 열리는 복합문화공간이자 누구나 함께할 수 있는 공유 공간으로의 변화를 꿈꿨다. 일회용품 없는 카페와 냅킨 대신 손수건을 사용하는 카페의 모습으로 환경의 가치를 전하고 싶었다. 부족한 공사비는 소셜펀딩을 통해 확보하기로 했다. 145명의 개인과 기업 네 곳의 후원으로 무사히 목표액을 훌쩍 넘겼고, 공사도 예정대로 마무리할 수 있었다.

어떤 공간을 만들 것인가를 둘러싼 수많은 생각의 조각들을 하나로 잇는 데 켄 로치 감독의 영화 〈지미스 홀〉(2014)에서 영감을 받았다. 영화는 영국으로부터 독립한 아일랜드의 작은 마을의 이야기를 담아낸다. 주인공 지미를 주축으로 사람들은 마을회관에 모여 함께 이야기하고, 춤추며, 공부한다. 이런 모습을 불안하게 여긴 마을의 신부는 마을회관을 없애려 하고, 지미는 신부를 찾아가 말한다. '우리끼리 고립되어 살면 소멸하고 말아요. 우리 회관은 다 같이 생각하고, 대화하고, 배우고, 웃고, 춤추는 곳이에요. 우리의 잠재력을 깨워주는 곳이죠.'

복합문화공간 곁애는 2019년 3월부터 2021년 9월까지 길지 않은 시간을 우리와 함께했다. 셰어하우스 상도동 우리집에서 했던 반상회, 소소한 모임과 연말파티, 영화 감상과 북토크, 음악회, 각종 회의 등 친구들과 함께했던 모든 순간이 지금도 생생하다. 그때 우리는 함께 웃고 함께 울었다. 그러나 예기치 않은 코로나19 팬데믹의 여파로 공간을 계속 운영하기 어려워졌다. 잠깐이면 될 거라고 우리 자신을 위로하며 우리의 공간을 잠시 빌려주기로 했다. 다행히 우리와 결이 맞는 운동센터 '피프티핏'이 들어오게 되었다. 그리고 지금 윙의 친구들은 그 어느 때보다 열심히 운동을 하며 지낸다.

〈지미스 홀〉은 지미가 마을에서 쫓겨나는 장면으로 끝이 난다. 마을 사람들은 그런 지미의 뒤를 따르며 슬퍼한다. 그때 어떤 이들이 이런 이야기를 주고받는다. '너희가 배운 것들은 머릿속에 영원히 남을 거야. 그것을 부술 수는 없어.' '네, 우리는 계속 꿈꾸고 춤출 거예요!'

윙에서 배운 모든 것이 친구들의 가슴과 머릿속에 영원히 남으면 좋겠다. 그리고 일과 배움을 멈추지 않는 우리가 되면 좋겠다. 계속해서 대화하고, 함께 울고 웃으며 노래하고 춤출 수 있는 우리만의 공간에서 여러 사람들과 다시 만날 수 있게 되기를 꿈꾼다.

3. 여성과 일

4

여성과 우정

언덕은 가파른 길을 오를 때
잠시 숨을 고르며 쉬어갈 수 있는 곳이다.
우리는 친구들의 언덕이 되고 싶다.

그리운 나의 언니들에게

어렸을 적 나의 꿈은 커리어우먼이었다. 다른 무엇보다 그냥 일하는 사람이 되고 싶었다. 미술을 전공했으니 디자이너가 되어 당당하고 멋지게 살고 싶었다. 대학 졸업 후 몇몇 회사에 면접을 보러 다니며 취업을 준비하고 있을 때였다. 그런 나를 지켜보던 아버지는 "남의 회사 가서 일하느니 아버지 공장에 와서 일하는 건 어떠냐"고 물으셨다. 나는 아무 말도 하지 못했다. 아버지의 제안대로 하기 싫어서였다. 그렇다고 아버지의 제안을 시원스레 거절할 수도 없었다. 우리 가족이 이제껏 아버지가 공장을 꾸리며 번 돈으로 먹고살았다는 생각 때문이었다. 나와 각

별하게 친했던 아버지에게 실망을 안겨드리고 싶지 않은 마음도 컸다. 그렇게 내 나이 스물네 살에 은성섬유에 취직을 했다.

당시 은성섬유는 수십 대의 미싱을 보유한 의류 제조 공장이었고, 논노, 제일모직, 삼성물산 등에서 출시되는 여성 의류를 만들고 있었다. 처음에는 디자이너로 취직한 줄 알았건만, 실제로 가보니 나의 업무는 공장이 돌아가기 위해 필요한 모든 자질구레한 일을 담당하는 것이었다. 회계 전반에 걸친 일은 물론 부자재 관리와 구매까지 처리해야 했고, 그러다 보니 사무실에서 일하다가도 동대문 시장 한복판을 돌아다니기 일쑤였다.

그건 일도 아니었다. 가장 어려웠던 것은 공장에서 만나는 사람들이었다. 재단사 아저씨들은 입만 뗐다 하면 욕이었다. 아무 데서나 담배를 피우고, 쌍욕을 하고, 침을 퉤퉤 뱉었다. 미싱사 언니들도 참 이해하기 힘들었다. 힘들게 번 돈을 남자친구에게 뜯기거나 형부한테 사기당하는 일이 다반사였다. 비싼 방문판매 화장품만 구입해서 사용하는 것도 형편에 맞지 않는 소비라고 생각했다. 그때는 미래를 위해 검소하게 생활하고 저축하지 못하는 언니들이 그저 답답하기만 했다.

4. 여성과 우정

나를 힘들게 하는 진짜 이유는 따로 있었다. 그냥 공장이어서 싫었던 것이다. 깔끔하게 차려입고 높은 빌딩의 유리문을 열고 출근하길 원했는데 미싱 돌아가는 소리로 시끄럽고 쌍욕이 난무하는 그런 곳에서 일하는 나 자신이 너무 싫었다. 당시 공장에서 일하는 사람들은 '공순이' '공돌이'라고 불리며 사회적으로도 하대당했다.

나는 2년을 버티다 결국 그곳을 빠져나왔다. 그 시절을 생각하면 온통 암울하다. 그만큼 공장에서 보내는 하루하루가 싫었고 어떻게든 빠져나갈 궁리만 했다. 당연히 아버지와의 사이도 나빠졌지만, 그래도 내가 원하던 대로 하청업체가 아닌 인지도 높은 여성복 브랜드의 디자이너로 입사할 수 있었다. 공장만 아니면 뭐든 할 수 있을 것 같았고, 내 인생도 산뜻하게 바뀔 줄 알았다. 하지만 그건 순전히 착각이었다.

아버지와의 사이는 갈수록 나빠지기만 했고, 다니던 회사도 부도가 났다. 인생 별거 있나 하는 심정으로 다시 아버지의 공장으로 돌아갔다. 들끓었던 나의 욕망도 한 풀 꺾여 있었다. 당장 내게 주어진 현실을 받아들이고 하루하루 살아갈 수밖에 없었다. 아침 8시에 출근해 공장 곳곳을 돌면서 쓸고 닦았다. 재단사 아저씨들의 욕설 섞인 대화와 농담에도 차츰 익숙해졌다. 미싱사 언니들과 함께 일상 이야기를 나누다 보니 내가 경험하고 생각하는 것이 전부라고 믿었던 것이 부끄러워졌다. 1996년 봄, 대부분의 제조업 분야가 서서히 국내에서 중국으로 옮겨갈 즈음 아버지는 공장을 정리했다.

공장을 정리하고 한 해가 지날 무렵, 나는 아버지와 함께 은성원에 왔다. 아뿔싸…… 내가 그토록 벗어나고 싶어 했던 공장만큼이나 암울한 복지시설이 눈 앞에 펼쳐졌다. 그때의 은성원은 마치 영화 속 수용소와 같았다. 예전 공장에서 만났던 미싱사 언니들과 별반 다르지 않은 언니들을 다시 만나야 했다.

나는 언니들로부터 도망치려 했으나 결국 다시 조우했다. 그리고 일과 사람을 비롯한 모든 것을 새롭게 배워야만 했다. '사람과 사람이 만나는데 무슨 매뉴얼이 필요하랴.' 그렇게 생각하며 은성원의 언니들과 지냈다. 아버지의 지독한 학대를 견디다 못해 집을 뛰쳐나온 이야기와 일자리를 찾아 서울로 왔다가 숙식 해결이 된다는 광고에 혹해 다방과 안마시술소에 들어가게 된 이야기를 들었을 때, 언니들이 겪어야 했던 수치심과 절망감이 내게도 고스란히 전해졌다. 그렇게 우리는 점점 가까워졌다.

몇 년 전 양평의 한 폐공장에서 열린 발달장애인 작가들의 미술 전시에 케이터링을 맡았던 적이 있다. 3천 평 규모의 공장은 오래전 방직 공장이었다고 했다. 한때 지역 경제를 쥐락펴락했지만 지금은 폐허가 된 곳. 쓸모를 다한 방치된 공간에서 우리 사회에서 주목받지 못하는 발달장애인들의 미술작품을 만났다. 그들은 장애인이기 전에 존엄한 개별적 존재인 동시에 아름다운 예술가였다. 행사 당일은 케이터링을 준비하느라 공간과 작품을 여유 있게 둘러볼 수 없었기에 다음 날 다시 그곳을 찾았다.

　　기계들은 여전히 그 자리에 있었고 남겨진 흔적들은 공간의 오랜 역사를 말해주고 있었다. 그곳에서 젊은 날의 시간을 보내며 돈을 벌어 오빠의 학비를 대고 가장 역할을 했을 소녀들의 얼굴이 스쳐갔다. 나는 천천히 공간을 걸으며 생각에 잠겼다. 그리고 나의 지난 삶을 소환했다. 인생의 잿빛 시간으로 여겼던 그때 만났던 공장의 언니들과 은성원에서 만났던 수많은 언니들이 떠올랐다. 어쩌면 내가 공장에서 보냈던 날들은 필연의 시간이었겠구나. 지금 이 순간도 그 시간을 통과한 사람에게 주어진 선물일 수 있다는 것을 깨닫게 되었다.

　　어린 딸을 데리고 공장에 출근해야만 했던 언니, 공

장 근처에서 자취하던 숙소에 놀러가서 보았던 언니의 단출한 살림살이, 이마에 땀이 송글송글 맺히도록 열심히 미싱을 밟던 언니들, 자신은 가출한 것이 아니라 탈출한 것이라며 울음을 삼키던 언니, 힘들었던 업소 생활이었지만 삶을 포기한 적은 없었다던 언니, 이제는 웃고만 살고 싶다며 울던 언니들이 생각났다.

　고단했지만 끈질기게 살아냈던 언니들의 삶과 함께 누군가의 곁에 서 있는 나를 되돌아보았다. 이런 세상에서 과연 어떤 삶을 살아야 하는가를 끊임없이 묻고 스스로 답을 내렸던 시간이었다. 그리고 나는 알게 되었다. 언니들과 함께 나의 시간도 무르익었다는 것을. 그들이 한 사람, 한 사람 그 자체로 빛나고 아름다운 사람이었음을 비로소 알게 된 것이다.

함께 걷는 길

빛과 소금. 사회복지사라는 직업을 떠올릴 때 내 머릿속에 연상되는 단어다. 흔히 기독교에서 사용하는 용어이지만 전통적인 사회복지사의 상에도 꽤 걸맞은 표현이 아닐까 싶다. 윙과 함께 활동했던 대부분의 사회복지사도 종교적 배경을 지닌 이타적인 사람들이었다. 여기에 기본적으로 성실함을 장착하고 있어서 '역시 사회복지사는 다르다'는 생각을 많이 했다. 그런데 막상 사회복지 현장에서는 성실함이나 이타적인 성향 외에도 또 다른 덕목들이 요구되었다. 좀 더 다양한 삶의 경험과 배경을 지닌 사회복지사의 필요성을 느꼈다. 고민 끝에 평소 알고 지내던 교수님께 사회운동 경험이 있는 사회복지사를 추천해달라고 부탁드렸다. 2005년 여름, 그렇게 지금의 박정애 센터장을 만났다.

빈민운동과 지역사회 탁아운동을 하다 뒤늦게 대학원에 입학해 사회복지를 공부했다고 했다. 그해 여름, 면접을 거쳐 박정애 센터장과 함께 일하기로 했다. 그런데 일을 시작하고 보니 운동권이었다면서 나서서 뭔가를 하려는 의지가 보이지 않았다. 오히려 다른 사회복지사들에 둘러싸여 존재감도 없었다. 어느 날 둘만 있을 때 내가 물었다.

"선생님의 이전 활동 경력 때문에 기대가 많은데요. 언제쯤 본모습을 보여주실 건가요?"

"아휴…… 이제 겨우 따박따박 월급 받는 일을 시작하게 되었는데…… 이런 일자리가 처음이거든요. 그냥 월급 받은 만큼만 일하면 안 되나요?"

대화는 우리 둘의 호탕한 웃음으로 마무리되었지만 생각해볼수록 참 미묘한 긴장감이 감돈 순간이었다. 솔직하게 물어보는 대표와 그보다 더 솔직하게 답하는 활동가의 관계는 그날 이후 크게 달라졌다. 그는 조직을 위해 누구보다 쓴소리를 많이 했고, 용량 초과의 열정이 넘치던 대표에게 직언을 날리는 유일한 사람이 되었다. 조직 컨설팅을 받을 때 우리는 모두 약간은 흥분된 상태에서 하루하루를 보내고 있었다. 회의도, 해야 할 과제도 쌓여 있었다. 모두가 가능한 일정을 잡으려면 시간이 필요했기에 성격 급한 대표가 나서서 일정을 잡고 활동가들과 공유하는 방식으로 일을 처리하고 있었다. 그때 아침 회의 시간의 정적을 깨는 날카로운 목소리가 날아와 꽂혔다.

"제발 대표님 마음대로 정하지 말아주세요."

몇 초의 정적이 흘렀다. 지금까지 회의 때 이토록 앙칼진 목소리로 반기를 들었던 사회복지사는 없었다. 무척 당황했지만 순간 '이분이 진짜 제대로 일을 하려나보다' 하는 생각이 들었다. 나는 바로 사과했다. 그 이후부터 그런 일은 일어나지 않았다. 생각해보니 비교적 온건하고 수용적인 성향을 지닌 사회복지사들 덕분에 나는 내가 내 멋대로 일을 추진하는 버릇이 있다는 것을 인식하지 못하고 있었다. 아닌 걸 아니라고 말할 수 있는 사람이 있고, 그런 사람을 수용할 역량이 있는 조직이야말로 살아 있다고 말할 수 있는 것 아닐까. 우리도 서서히 제대로 된 조직의 꼴을 갖춰가는 것 같아서 기뻤다.

당시 우리는 윙의 친구들을 대상화하는 사회복지 용

어를 쓰지 않기로 퍼포먼스까지 하면서 결의를 다졌다. 우리의 머리에, 뇌에, 가슴에, 입에 맴도는 그 용어들을 사용하지 않기 위해 부단히 애를 썼다. 그런데 그것은 즉각적으로 바뀔 수 있는 것이 아니었다. 관성의 법칙이라고들 하지 않는가. 어느 월요일의 주간회의였다. 그 자리에는 사회복지 현장실습을 하는 사회복지학과 학생들이 함께 참석하고 있었다. 이야기를 하다 갑자기 우리가 쓰지 않기로 한 용어가 내 입에서 툭 튀어 나왔다. 그와 동시에 박정애 센터장의 목소리가 날아왔다.

"대표님, 쓰지 않기로 하고선 쓰면 어떻게 해요?"

한 대 세게 얻어맞은 것처럼 당황스러웠다. '아니, 실수할 수도 있지? 무슨 큰소리야?' 속으로는 이렇게 대꾸했지만, 나는 바로 미안하다고 사과했다. 그리고 남은 회의를 마무리했다. 창피하기도 하고, 괘씸하기도 했다. 그래도 꾹 참고 사과했으니 그걸로 위안을 삼아야 했다. 며칠 후 그 자리에 있었던 현장실습생의 이야기를 전해 듣게 되었다. 활동가가 직언을 할 때 대표가 그것을 인정하고 받아줄 수 있는 조직이 흔치 않다며 오랜만에 건강한 조직을 경험하게 되어서 놀라웠다고 했다.

이 경험은 나를 커다란 성찰로 이끌었다. 누구든 뜻

하지 않게 실수할 수 있으며, 그럴 때 머뭇거림 없이 인정하고 사과해야 한다는 것을 온몸으로 배웠다. 무엇보다 그런 상황에서 침착하게 본인의 실수를 인정하고 받아들인 스스로를 칭찬해주고 싶었다. 예전에는 대외활동을 하면서도 성질나면 나는 대로 마구 돌진하다가 싸우기도 많이 싸웠다. 그리고 그 화살은 결국 사무국의 활동가들에게 돌아오곤 했다. 앞으로 그러지 말아야겠다고 다짐했던 어느 날, 구청에서 연락을 받고 담당자를 만나러 갔다. 우리로서는 말도 안 되는 어려운 부탁을 하길래 나는 정중히 거절했다. 그러자 그 공무원은 경멸스런 눈빛과 말투로 응수했다.

"언제까지 탈성매매 여성 자활지원센터만 하고 있을 건가요? 그게 된다고 생각하세요?"

모멸감. 그때 내가 느낀 것은 모멸감이었다. 나를 탈성매매 여성으로 대우해도 좋다. 하지만 잘 알지도 못하면서, 아니 알려고 마음을 써본 적도 없으면서 쉽게 한마디 툭 내뱉는 모습을 보니 화가 났다. 나는 눈을 부릅뜨고 상대방을 쏘아보았다. 솔직히 한마디 욕이라도 시원하게 해주고 나왔으면 좋았겠지만 그렇게 되면 고생하는 것은 우리 사무국의 활동가들이다. 온갖 서류를 요청하고, 지

함께 걷는 길

195

도 점검을 나오니 그냥 내가 죽을힘을 다해 참는 방법밖에 없었다. 주차장에 내려와 한참을 울다가 윙으로 돌아와 사람들에게 털어놓았다.

"대표님, 너무 잘하셨어요. 잘 참으셨어요."

박정애 센터장의 그 한마디에 몸에 묻어 있던 억울함과 분함이 어디론가 훌훌 날아가버린 듯 후련하고 가벼워졌다. 나는 그렇게 그녀에게 기대고 의지하면서 지내왔다.

박정애 센터장의 몸과 마음은 철저하게 사람을 향하고 있다. 사람 자체를 좋아하는 사람이다. 그래서 '일 중심'이었던 대표에게 더없이 좋은 파트너였다. 우리가 한창 치열하게 공부하고 토론할 때는 '그놈의 연민이 문제'라며 서로를 몰아세우기도 했다. 그런데 우리는 다 안다. 연민을 거두고 싶어도 그게 잘 안 된다는 것을. 연민을 앞세워 현재의 삶을 방기하거나 왜곡한다면 안 될 일이지만, 과연 연민 없는 만남이 윙에서 가능한 일일까 생각해본다.

오래전 그와 나는 노숙인들을 위한 인문학 과정인 성프란시스대학의 졸업식에 함께 참석한 적이 있다. 무사히 과정을 마친 노숙인 선생님들의 졸업 풍경이 너무 감동적이어서 둘이서 펑펑 울었다. 울면서도 "저분들이 불쌍해서 우는 거 아니에요"라며 서로를 쳐다보고 울다 웃었던 그때가 생각난다.

사람의 감정은 결코 단순하지 않다. 여기서부터 연민이고 저기서부터 기쁨이라고 무 자르듯 나눌 수 없는 것이다. 그럼에도 우리는 우리가 친구들을 대하는 태도에서 행여나 연민이나 동정 따위가 묻어날까봐 전전긍긍해왔고, 그런 걱정이 늘 우리를 각성하게 만들었다. 그렇게 우리는 서로를 검열하며 서로에게 쓴소리를 마다하지 않으며 함께 걸어왔다.

얼마 전 윙이 본인에게 어떤 곳이었냐는 나의 질문에 박정애 센터장은 이렇게 답했다.

"월급 따박따박 받는 첫 직장이었고, 또 이제 마지막 직장이 될 가능성이 크고…… 무엇보다 제 삶이 여기에 있어요."

그러고 보니 정년이 얼마 남지 않았다.

우리는 언제나 네 곁에 있어

지금으로부터 20여 년 전, 경숙과 나는 쉼터 거주자와 원장으로 만났다. 그때의 나는 가진 거라곤 건강한 몸과 열정밖에 없던 시절이었고, 경숙은 내게 '세상을 다르게 보는 렌즈'를 선물해주었던 윙의 친구들 중 한 명이자 나의 동료였다. 쉼터 이후에도 우리와 함께 십대여성자립실험실 조잘조잘 분식점의 매니저를 맡아 부지런히 일했다. 그랬던 경숙이 결혼을 한다고 연락이 왔다. 나는 결혼식에 참석하기 위해 일주일 전부터 평택행 기차표를 사놓고 기다렸다. 그곳에 가면 그리운 얼굴들을 볼 수 있겠다는 기대감으로 무척이나 설렜다.

4. 여성과 우정

역에서 내려 예식장까지 걸어가는 10분 남짓한 순간에 많은 생각이 머릿속을 스쳐 지나갔다. 개별적으로는 연락하고 지내지만 한꺼번에 모여 있을 친구들을 이제 곧 만난다고 생각하니 가슴이 콩닥콩닥 뛰었다. 드디어 신부 대기실을 찾아 들어갔다. 눈부시게 환한 자태로 앉아 있는 신부에게 다가가기도 전에 주위에 있던 친구들을 보는 순간 갑자기 나의 눈물샘이 터지고 말았다. 눈물을 훔치는 나를 보던 아이가 물었다.

"엄마, 이 아줌마 누구야?"

"응, 엄마 선생님이야."

아이의 물음에 엄마의 선생님이라고 대답하는 걸 보고 또 눈물이 나왔다. 그랬구나, 내가 너희들의 선생님이었구나. 그제야 한 명 한 명이 내 눈에 들어왔다. 아름다운 신부 경숙을 비롯해 윤희, 현정, 수진, 정희, 영남, 미숙, 경아가 있었다. 윙에서 함께 배우고 경험했던 것들을 살려 보육교사로, 인테리어 디자이너로, 피부관리사로, 보험 영업사원으로, 생산직 사원으로, 그리고 육아와 일을 병행하며 각자의 자리에서 열심히 살고 있는 친구들이 있었다. 반갑게 이야기 나누는 친구들의 모습을 보고 있자니 자꾸만 눈물이 났다.

"같이 나이 들어가는데 이제부터는 그냥 큰언니로 부를게요."

30대 후반에서 40대 중반에 이르는 친구들이 이제부터는 내게 '대표님'이라는 호칭 대신 그냥 '큰언니'로 부르겠다고 했다. 앞으로 무조건 1년에 두 번씩은 꼭 만나기로 약속했다. 아쉬운 작별을 하고 기차에 오를 때까지 나의 눈가는 촉촉했다. 그리고 마음은 뜨겁고 충만했다. 늦은 밤 신혼여행을 떠나는 경숙에게 문자가 왔다.

"그동안 성장통도 많이 앓았고, 여기저기 깨지면서 단단해졌어요. 앞으로 더 행복하게 잘 살면서 보답할게요."

그날 밤 나는 잠을 자는 대신 이불 속에서 우리가 함께 보낸 시간들을 꺼내 보았다. 항상 웃는 얼굴이었던 경숙은 언제나 긍정적이었다. 사실은 경숙을 보며 세상 사람들이 탈성매매 여성을 얼마나 편협하고 제한적인 시선으로 바라보는가 하는 생각을 종종 했다. 손도 야무져서 솜씨도 좋은 경숙이 웃는 얼굴을 거두고 깊은 고민에 빠질 때가 있었는데, 유난히 술을 좋아하던 아버지 때문이었다.

경숙은 늘 노심초사하며 아버지를 정성스럽게 돌봐드렸다. 가끔 경숙을 만날 때면 아버지의 안부가 궁금했다. 이제는 경숙이 아버지 때문에 덜 힘들었으면 했기 때문이다. 아버지가 스스로 건강도 잘 챙기고, 술도 그만 드셔서 경숙의 걱정을 덜게 해주면 좋겠다고 바랐다. 나중에 아버지도 서서히 술을 끊고 딸의 도움 없이 주변 사람들과 어울려 텃밭을 가꾸며 재미나게 살고 계신다는 소식을 전해 들었다.

　　그런데 얼마 전 갑작스럽게 경숙 아버지의 부고를 받았다. 나는 기차를 타고 한달음에 달려갔다. 그리고 '우린 언제나 네 곁에 있어'의 마음을 담아 '사회복지법인 윙'이라고 크게 쓴 조화를 보냈다. 경숙의 아버지가 경숙에게 어떤 존재였는지 너무나 잘 알기에 아버지를 떠나보내는 경숙을 힘껏 안아주고 싶었다. 앞으로는 이런 일이 더욱 자주 있을 것이다. 친구들의 부모님이 돌아가시고, 우리들 중 누군가는 먼저 떠날 수 있을 테니까. 그럴 때마다 나는 가장 먼저 달려가고 있을 것 같다. '우린 언제나 네 곁에 있어'의 마음을 안고.

제 이름을 찾았어요

사람 좋아하고, 맛있는 음식을 만들어 나눠주고 또 싸주는 걸 좋아하는 조미희 선생님은 그야말로 윙에 최적화된 사람이다. 쉼터를 운영했을 때 취사원으로 아침저녁으로 우리의 끼니를 책임졌던 분이다. 지역 자활센터에서 연계해주었는데 간단한 면접을 본 후 우리 식대로 실기시험을 치렀다. 냉장고에 있는 재료들을 꺼내 점심 준비를 요청한 것이다. 음식도 맛있었지만 손놀림도 빨랐고 무엇보다 다정한 인상이 좋아서 함께하고 싶었다. 그때부터 윙의 주방은 웃음과 대화, 그리고 맛있는 음식이 끊이지 않는 곳이 되었다.

4. 여성과 우정

시간이 얼마간 흐른 어느 날, 미희샘이 학교에 다니게 되었다는 소식을 들었다. 일찌감치 포기했던 공부에 대한 열정이 윙에서 다시 생겨났나보다 했다. 미희샘은 소중한 주말을 반납해가며 열심히 다니면서 고등학교 과정을 끝냈다. 우리와 함께 제주 올레길을 걷고, 관악산에 다니고, 영화를 보고, 인문학 수업에도 함께 참여했는데, 아마 그게 참 좋았던 모양이다. 늘 반짝이는 눈으로 뭐든지 열심히 했다. 무엇보다 내 손으로 할 수 있는 무언가를 찾고, 그것으로 경제적 독립을 이뤘기에 지지부진했던 결혼 생활을 미련 없이 청산할 수 있었다고 했다. 또한 윙의 식구들과 함께 지내는 시간들이 쌓이며 이제는 혼자가 되어도 외롭지 않겠다는 믿음이 생겼을 것이다. 그것이 십수년을 미뤄왔던 문제를 해결할 수 있도록 돕지 않았을까 싶다.

더욱더 자유로워진 미희샘은 우리가 쉼터 운영을 종결한 후에도 오덮밥으로 건너와 10대 친구들과 함께 비좁고 더운 주방을 지켜주었다. 한 치의 여유도 없는 살벌한 주방 안에서 친절한 말보다 무뚝뚝한 말이 먼저 나오는 까칠한 10대들과 함께 지지고 볶으면서도 열심히 그 시간을 보냈다. 가끔 나에게 이런저런 하소연을 하기도 했지만 그때마다 나는 별다른 해결책을 제시해주지 못한 채 들어줄 수밖에 없었다.

　나중에 새로운 업장 오픈을 위해 한 달 동안 오덮밥 주방에 있었던 친구들의 교육을 하며 지낼 기회가 있었다. 그때 제대로 알게 되었다. 주방이란 곳이 이토록 날 선 곳이며, 그래서 위험하고 또 늘 팽팽한 긴장감이 감돌 수밖에 없었음을. 그때 바로 떠오른 사람이 미희샘이었다. 그제서야 미희샘이 얼마나 힘들었을까 생각해보게 되었다. 뒤늦게 그에 대한 미안함이 몰려왔다. 씩씩한 미희샘은 윙을 떠났어도 여전히 열심히 자신의 일을 하며 지낸다. 얼마 전까지 청소년 쉼터의 취사원으로 활동하다 정년퇴직한 뒤 지금은 장애인 활동지원을 하고 있다.

　"윙에 와서 젊은 친구들을 보면서 공부를 해야겠다는 생각으로 학교도 다녔고요, 컴퓨터도 배웠어요. 굉장히 즐겁게 메뉴를 짜고 또 정성을 다해 음식을 만들었어요. 그중에서 가장 기억에 남는 건 제 이름을 되찾은 거였어요. 저는 40대 중반이 넘을 때까지 누구 엄마로만 살았거든요. 그런데 윙에 와서 모두가 제 이름을 불러주는 게 그렇게 행복했습니다. 누구 엄마가 아닌 제 이름 조미희로 불러주어서 너무 고마웠고요. 덕분에 당당해졌어요.

윙을 만나 지금의 제가 있는 것 같아요. 윙을 만나지 않았다면 지금의 저도 없었을 것 같아요. 윙과 제가 이렇게 연결된 건 선물과도 같아요."

윙의 살림을 맡았던 분이라 우리는 무슨 일만 생기면 "미희샘~ 미희샘~" 하고 크게 그를 부르며 찾아다녔다. 그러면 어디선가 그가 환한 웃음을 터트리며 우리 앞으로 오곤 했다. "왜 이렇게 불러요~" 하는 그 모습이 아직도 눈에 선하다.

엄마의 편지

지난봄 하얀색의 편지 봉투 위에 볼펜으로 꾹꾹 눌러쓴 등기우편 한 통을 받았다. 이런 우편물을 언제 받아보았는지 기억조차 희미할 정도로 요즘 보기 드문 편지였다.

"안녕하십니까? 저는 윙을 거쳐 간 이지혜의 어미 되는 사람입니다"라는 문장으로 시작되는 세 장짜리 편지는 오래전 쉼터에 있었던 지혜의 어머니가 보낸 것이었다. 아마도 윙의 설립 70주년 기념 영상 제작을 위해 가졌던 지혜와의 인터뷰 소식을 들으셨나보다. 지난 세월을 돌아보며 든 여러 복잡한 마음에 긴 편지를 쓰신 듯했다.

어릴 때부터 유독 예쁘고 똑똑했던 지혜는 사춘기가

되면서 변하기 시작했다고 한다. 울며불며 달래도 보고, 칭찬도 해보고, 심지어 손찌검까지 하면서 어떻게든 제자리로 돌아오게 하려고 애를 썼지만 시간이 갈수록 점점 멀어져만 갔다고 한다. 신경정신과에도 가보고 혹시 마음에 쌓인 울분을 발산하면 좀 괜찮아질까 싶어 인간문화재 선생님께 국악 정가 사사도 받아보게 했단다. 그러나 결국 지혜는 집을 나갔고, 딸이 유흥업소에 다닌다는 소식을 듣게 된 어머니는 혀가 오그라들어 말도 제대로 못할 만큼 고통스러운 시간을 보내야 했다. 아무리 용을 써도 지혜의 마음을 돌릴 수 없어 가톨릭 신자였던 어머니가 점을 보러 다니고 서너 번씩 굿을 하는 등 별짓을 다했다고 한다.

"저는 혼자 생각합니다. 나는 살아생전에 지옥을 다 경험했다고요. 보통 엄마들은 도저히 상상이 안 될 겁니다. 그렇게 지옥 같은 세월을 보내다 보니 제 정신도 황폐해지고 유방암 수술도 받고 이래저래 제가 냉정해집디다. '그래, 나는 할 만큼 했다. 어디까지나 네 인생이지 내 인생은 아니잖아. 이제부터는 나도 내 인생을 보듬고 살아야겠다' 이런 마음이 듭디다. 그런데 이게 웬일입니까? 어떤 인연으로 윙과 연결되었는지 모르겠는데 우리 지혜가 무언가 조금씩 변하고 있다고 느꼈습니다. 엄마한테 그렇게 적의를 나타내고 부정적이었던 아이가 긍정적인 성품으로 바뀌면서 살가워지기 시작했습니다. 그리고 지금 사회복지사 2급 자격증도 따고 직장 생활도 하고 육아도 병행하면서 얼마나 야무지게 살고 있는지 모릅니다. 이 모든 게 윙 덕분입니다. 정말 정말 감사합니다. 가끔 잠이 안 오는 밤에 생각합니다. 우리 지혜가 아직까지 정신 못 차렸다면 나는 어떻게 되었을까?

대표님, 센터장님 고맙습니다. 또 제2의, 제3의 지혜 같은 애가 들어오면 그 부모를 대신해 제가 잘 부탁드립니다. 그 엄마가 얼마나 정신이 황폐해지는지 모릅니다. 그 황폐함에서 저를 구출해주신 윙의 모든 직원분께 감사드립니다. 우리 지혜 새로운 사람으로 태어나게 해준 거에 비하면 너무나 적은 금액이지만 70주년 잔치에 음료수라도 대접하는 마음으로 제가 조금 기부를 하겠습니다. 적은 금액이지만 저의 감사한 마음으로 여기시고 받아주시기 바랍니다."

지혜는 2008년 10월 쉼터에 왔다. 다정했지만 냉소적이었으며 유독 반항심이 많아 항상 삐딱한 태도를 유지하고 있었다. 그런데 희한하게도 윙의 모든 활동에는 적극적이었다. 일찍 일어나서 제 시간에 밥 먹고 청소하고 정해진 수업 시간에 참여해 인문학 수업을 듣고 외부 학원을 다니며, 틈틈이 요가와 등산을 하는 윙의 일상을 진심으로 좋아했다. 그 속에서 지혜의 일상도 하루하루 성실하게 쌓여갔다.

"처음에 윙에 들어왔을 때 한 달 용돈이 3만 원이었어요. 근데 그 3만 원도 제가 학원을 꼬박 결석 없이 나가야만 주어지는 거예요. 처음에 원장님이 그러시더라고요. 가난하게 한번 살아보라고요. 근데 생각보다 제가 되게 빨리 적응했어요. 가난하게 사는 것도 되게 빨리 배웠고, 아침형 인간이 되는 거, 사실 업소 생활 하면 그거 굉장히 고치기 힘들잖아요. 근데 저녁에 일찍 자고 아침에 일어나는 것도 새로 배웠고. 제가 컴맹이었거든요. 근데 컴퓨터로 각종 문서 만드는 것도 여기서 배웠어요."

가난하게 살아야 하는 자신의 처지를 받아들이는 것과 몸을 바꿔 일상을 유지하는 것은 대부분의 친구들이 가장 어려워하는 일이었다. 그에 대한 저항 없이 오히려 새로운 변화에 기꺼이 몸을 맡긴 지혜가 대단하게 느껴졌다. 그런 힘은 대체 어디서 나왔던 것일까.

"공부나 운동은 내가 스스로 알아서 하려고 하면 참

안 하게 되잖아요. 근데 또 막상 해보니 되게 재밌었어요. 특히 저는 논어 공부가 너무 재밌었어요. 등산도 너무 좋았고요. 그때는 막 쓰고 외우고 그런 걸 많이 했는데 그게 또 재미있었고 기억에 남아요. 내용은 자세히 몰랐어도 그냥 쓴다는 것 자체로도 충분히 재미있더라고요."

쉼터 생활을 마친 지혜는 결혼해서 아이 둘을 낳아 키웠다. 그러다 둘째가 어린이집에 갈 즈음 다시 일을 찾아 윙에 왔다. 오덮밥 주방에서 열심히 일하는 지혜의 모습을 보며 친구들이 일이 필요할 때 언제라도 찾아와서 일할 수 있는 곳이 되면 좋겠다고 바랐던 마음이 생각났다. 짧게는 몇 달, 길게는 1년 6개월 정도 지속되는 쉼터 생활이 끝났다고 해서 우리의 인연이 끝난 게 아니었다. 새롭게 펼쳐지고 있는 인생의 다른 시절 앞에서 여전히 윙을 생각하고 찾아오는 것이 고맙기만 했다. 그렇게 지혜는 일이 필요할 때 일을 찾아서 했고, 공부가 필요할 때 다시 공부를 시작했다. 오래전부터 마음에 두었던 사회복지 공부를 마친 지금은 사회복지사로 일하고 있다.

"여기에서 배운 것 중 가장 큰 것은 사람으로서 살아가는 것, 사람답게 살아가는 방법이에요. 저는 그걸 배운 것 같아요. 그리고 대표님께서 늘 하신 '일은 삶의 척추다'

라는 말씀이요. 그것이 지금 제가 일하는 것과도 연관되죠. 저는 지금 되게 즐겁게 일하고 있어요. 타인에 의해 하고 싶지 않은 일을 하거나 그냥 살아지는 삶이 아닌 나 스스로 내가 살아내는 삶을 살게 된 것 같아요."

지혜가 말하길, 쉼터에 처음 왔을 때만 해도 자신이 뭘 해야 할지 몰랐다고 한다. 지혜는 이런 말을 자주 했다. 자신에게 차츰 세상 밖으로 나올 수 있는 용기가 생겼고, 자신의 삶이 윙을 만나기 이전과 이후로 명확하게 나뉘게 되었다고. 탈성매매 이후 꿈을 이루고 잘 살아가고 있는 현재의 자신이 대견하고 자랑스럽다고 힘주어 말했다. 윙이 자신의 제1의 후원자이자 지지자라는 지혜를 마주했을 때 가슴속에서 한없이 뜨거운 뭔가가 올라왔다.

"윙의 설립 70주년 너무나 축하드립니다. 근데 저는 작은 바람이 있어요. 윙이 백 살은 맞지 않으면 좋겠다고 생각했어요. 30년 안에 성매매가 근절되어 성매매 피해여성이 더 이상 없으면 좋겠다는 생각이 들어서요."

모두가 승승장구하라고, 쭉 계속해달라고 덕담을 하는 사이 지혜는 또 지혜답게 말했다.

혼잣말로 전하는 안부 인사

미란씨, 익숙한 이름이 적힌 미란씨의 전화번호를 받고 얼마나 기뻤는지 몰라요. 사람마다 누군가를 기억하는 단서가 있잖아요. 저는 목소리로 기억해요. 미란씨의 목소리를 듣자마자 단번에 기억이 쏟아지더라고요. 오랜만에 미란씨와 이런저런 살아가는 이야기를 나눴네요. 덕분에 그 시절 함께했던 다른 몇몇 분들의 안부도 전해 듣게 되어서 너무 반가웠어요. 미란씨를 떠올리면 열심히 미용교육을 받고 또 실습하고 그랬던 게 생각나요. 학생들도 가르치고, 미용으로 올라갈 수 있는 데까지 올라갔다는 이야기를 듣고 '역시 미란씨는 열심히 사셨구나' 하는 생각

4. 여성과 우정

을 했어요. 전 그럴 줄 알았어요. 미란씨는 주어진 현실 앞에서 묵묵히 매일의 할 일을 하는 사람이었거든요. 잊지 않고 찾아와줘서 고마워요. 우리 곧 만나요.

어렸을 적부터 치마 입기가 죽기보다 싫었다던 너. 이제는 마음대로 옷 입을 수 있는 어른이 되었겠구나. 너를 때려서라도 치마를 입히려고 했던 엄마와 아빠 때문에 집을 나올 수밖에 없었다고 했지. 그런데 쉼터에서의 생활도 만만치 않아서 고생을 좀 했을 거야. 어떻게 보면 더 어려울 수 있었어. 성 정체성으로 고민하던 너를 보며 우리도 생각이 많았어. 힘든 시간을 통과하고 있는 너에게 우리가 해줄 수 있는 것이 무엇일까 고민했지. 덕분에 공부도 많이 하게 되었어. 네가 안고 있는 것들을 혼자가 아닌 누군가와 함께 나누었으면 했지. 그래서 여기저기 기웃거리며 커뮤니티를 찾을 수 있었어. 그리고 바로 너에게 달려가서 건넸지. 지금은 어디에서 마음 맞는 누군가와 알콩달콩 잘 살고 있니? 보고 싶다. 세상이 참 많이 바뀌었어.

새를 좋아하던 미나씨, 지금은 어디에서 어떻게 지내는지 보고 싶어요. 미나씨가 우리 사무실에 처음 와서 서류 작성할 때 집 주소를 '여의도 국회의사당'이라고 적었잖아요. 사실 저 그때 얼마나 놀랐는지 몰라요. 그래도 다른 분들과 똑같이 대하려고 엄청 노력했어요. 대화의 맥락은 자주 실종되었지만 그래도 우리 꽤 많은 대화를 나누었잖아요. 그러면서 미나씨가 새를 좋아한다는 것을 알 수 있었어요. 그리고 우리는 당장 새를 보러 청계천으로 갔죠. 정말이지 미나씨는 새에 관해서는 천재였어요. 모르는 새가 없었으니까요. 우리는 예쁜 앵무새를 한 마리 사서 새장에 넣어 기분 좋게 데리고 왔죠. 옥상에서 매일같이 새와 대화하던 미나씨가 생각나요. 미나씨, 지금도 새와 함께 행복하게 지내고 계시죠?

지금도 생각만 하면 가슴이 먹먹해지는 주희씨, 지금 주희씨가 계신 그곳에서 잘 지내고 있는 거죠? 평소 건강이 썩 좋지 않다는 것은 알고 있었지만 그렇게 갑자기 떠날 줄은 몰랐어요. 허둥지둥 주희씨를 떠나보낼 준비를 하면서도 우리는 그저 정성을 다하자는 생각밖에 없었어요. 윙의 모든 식구들이 함께 빈소를 차리고 또 자리를 지키며 주희씨가 외롭지 않기만을 빌었지요. 주희씨를 보내고 우리는 바로 윙의 일상으로 돌아왔어요. 저는 그때 하루라도 빨리 일상으로 돌아가야 한다고, 그게 윙의 방식이라고 생각했어요. 그런데 그게 아니었어요. 아주 천천히 오래오래 주희씨를 기억하고 추모하고 애도해야 했다는 것을 뒤늦게 깨닫게 되었어요. 우리가 서둘렀다고 금세 주희씨를 지우려고 했던 것은 아니에요. 주희씨와 함께했던 시간들 지금도 소중하게 간직하고 있어요. 가끔씩 그곳의 안부를 물을게요. 잘 지내요.

　몇 년 전 오랜만에 너의 연락을 받고 만나러 나갔잖아. 솔직히 나, 그날 밤 잠을 설쳤어. 열심히 일하며 잘 살고 있는 너의 모습이 너무 예쁘고 고마워서 잠을 이룰 수가 없었어. 그리고 자주 너의 소식을 들을 수 있어서 좋았어. 그러던 어느 날 내가 알고 있던 너의 모습이 사실과 많이 다르다는 걸 알게 되었어. 그 얘기를 전해주던 활동가가 얼마나 미웠는지 몰라. 그런데 야속하게도 금세 너에게 연락이 왔지. 갑자기 돈을 꿔달라는 이야기도 황당했지만 돈이 왜 필요한지 이유를 설명하는데 그 스토리가 우리가 쉼터에서 너무나 많이 들었던 거라 거기에 또 한번 놀랐어. 그래서 나는 너에게 훈계를 했지. 그리고 너는 다시 잠적했어. 그 뒤로 계속해서 네가 생각나더라. 그때 아무 얘기하지 말고 그냥 돈을 주었다면 어땠을까? 영미야, 어디선가 잘 살고 있는 거지? 이제는 잔소리 안 할 테니 윙에 한번 들러줘. 보고 싶구나.

박지영 국장님, 은성원에서 윙으로 넘어가는 과정에서 우리는 참 많은 일을 했지요. 누가 시킨 것도 아닌데 자활의 기준을 만들겠다고 책을 읽고, 세미나를 하고, 수많은 회의를 하면서 자활의 체크리스트를 만들었잖아요. 국장님은 윙에서 사회복지사로 일했지만 여성으로서 주도적이고 존엄한 삶을 사는 법을 윙에서 배웠다고 했어요. 정석적인 사회복지사로 본인이 정해둔 크고 작은 금기도 많았는데, 그때마다 저는 '이거 한번 해볼래요? 이런 스타일은 어때요? 화려하게 살면 뭐 어때요?'라며 국장님께 금기를 깨는 도전을 제안하곤 했지요. 항상 드러나지 않게 조용히 일을 처리하는 국장님이었기에 참 많이 신뢰하고 좋아했어요. 언젠가 뒤풀이 자리에서 노래방에 갔는데 음치였던 제가 어쩔 수 없이 마이크를 잡고 불안하게 첫 음을 내려던 순간 어디선가 날아와 마이크를 잡아채고는 제 옆에 앉아 함께 노래를 불러줬잖아요. 그때 얼마나 고마웠는지 몰라요. 국장님은 그런 분이었어요. 우리가 함께했던 가슴 뛰는 순간들을 오래오래 잊지 말고 살아요.

4. 여성과 우정

서로의 비빌 언덕

이런 생각을 한 적이 있다. 나중에 실무에서 떠나게 되면 그동안 친구들과 함께 윙에서 배웠던 것 중 하나를 선택해 윙의 공간 한쪽에 그 일을 할 수 있는 작업실을 꾸며야겠다고. 그곳에서 이런저런 손작업을 하며 친구들과 다시 만나야겠다고 생각했다. 막연하게나마 목공이나 염색 작업을 하고 있는 내 모습을 상상했다.

그런데 나는 지금 목공도 염색도 아닌 주방을 꾸며 음식 만드는 일을 하고 있다. 윙에서 보낸 지난 세월은 무엇보다 밥이 주는 위로와 의미를 체화해 일상을 단단하게 가꿔나간 시간이었기에, 그 어떤 손작업보다 밥을 하고 있는 모습이 제격일 수 있겠다고 생각했다.

　오래전의 자료를 찾다가 '우리는 친구들의 언덕이 되고 싶다'고 쓴 나의 글을 보았다. 비탈지고 조금 높은 곳에 위치하고 있는 언덕은 가파른 길을 오를 때 잠시 숨을 고르며 쉬어갈 수 있는 곳이다. 또한 보살펴주고 이끌어주는 미더운 대상을 비유적으로 표현하는 말이기도 하다. 그 의미가 마음에 들어 나는 '언덕'으로 불리길 원했다. 그런데 누군가 '윙이 여성들의 비빌 언덕이잖아'라고 말했다. 그때부터였던 것 같다. 사람들이 '비빌 언덕'을 줄여 '비덕'이라는 이름으로 나를 불러준 것이. 그렇게 비덕이 된 나는 소망대로 윙의 한쪽에 '비덕살롱'이라는 공간을 마련했다.

　현재 비덕살롱은 윙 1층에 자리하고 있다. 길가 쪽을 바라보며 대면형 조리대와 여덟 명이 앉을 수 있는 식탁을 놓았다. 길을 지나가던 사람들은 이곳이 식당인지 술집인지 궁금해하며 슬하게 문을 열고 들어왔다. 어느 날이었다. 한때 오덮밥에서 일했던 수정이 남자친구에게 자신이 일했던 곳을 보여주고 싶다며 이곳에 들렀다. 그런데 생각지도 않게 비덕살롱에서 자리를 지키고 있는 나를 발견하고는 반가움에 발을 동동 구르며 좋아했던 적이 있었다. 그리고 갑자기 사라진 수정은 근처 슈퍼에 가서 사온 음료수 한 박스를 내 손에 쥐어주며 이런 말을 했다.

"이 자리에 계속 있어줘서 고마워요."

"찾아와줘서 내가 고맙지……"

누구나 가끔씩은 자신의 지난날을 돌아본다. 한때나마 내가 땀 흘리며 일했던 곳, 누군가와 함께 밥을 먹으며 시시껄렁한 이야기를 나누었던 그 공간과 사람이 그리워질 때가 있다. 그럴 때 마음놓고 그곳을 다시 찾을 수 있다면 얼마나 좋을까. 자신이 아는 누군가가 그 자리를 지키고 있다면 돌아가는 친구의 발걸음이 얼마나 가벼울까. 돌아가는 수정의 뒷모습을 보며 지금 내가 이 자리에서 비덕살롱을 하고 있는 것이 얼마나 다행인가 싶었다. 법인의 사무실이 아닌 이곳으로 친구들이 언제라도 다시 찾아올 수 있겠다는 믿음이 생겨 마음이 놓였다.

비덕살롱은 이따금 법인의 수익사업으로 케이터링이나 도시락 주문을 받으며 돈이 되는 일들을 하기도 했지만, 아무 조건 없이 밥을 하고 또 함께 먹는 경우가 더 많았다. 윙의 식구들은 물론 따뜻한 밥상이 필요한 분들이라면 주저하지 않고 초대했다. 대표라는 직책과 권위에서 벗어나 오직 밥 해주는 사람으로 나를 상정하고 지낸지 어느덧 5년이 되었다. 그렇게 밥상을 마주하고 만나다 보니 이전과는 전혀 다른 새로운 관계가 펼쳐졌다. 윙의 친구들은 더욱 편하게 속마음을 털어놓았고 오래전 윙과 관계했던 사람들에게는 윙을 재해석할 수 있는 기회가 되었으며, 새로운 사람들은 윙에 대해 알고 싶은 마음을 가지고 빈번히 찾아왔다.

그 와중에 실무를 맡을 때는 결코 누리지 못했던 여유가 내게 생겼고, 친구들을 향한 조급했던 마음도 사라졌다. 그리고 윙의 친구들을 포함해 젊은 여성들과 중장년 여성들의 삶에 대해서도 종종 생각하게 되었다. 살아간다는 것은 무엇일까? 어떻게 살아야 하나? 자격증과 취업의 유무만큼 중요한 것이 일상을 꾸려가는 것이라고 믿는 것과 비슷하게 나는 사회복지의 역할이 자원과 서비스를 연결하고 제공해주는 것에 국한되지 않는다고 생각한다. 한번은 우연히 티브이 프로그램에서 나이 어린 싱글맘이 홀로 아이를 양육하는 모습을 본 적이 있다. 쾌적하고 깔끔한 주거 공간과 대비되는 정체 모를 깊은 우울과 무기력함이 어린 엄마의 온몸을 감싸고 있음을 느낄 수 있었다. 그 얼굴이 방송 이후로도 한동안 내 마음에서 사라지지 않았다.

4. 여성과 우정

그 엄마에게 필요한 건 물리적인 서비스가 아닌 정서적 지원이 아니었을까? 나는 당장이라도 그를 찾아가 따뜻한 밥을 차려주고, 내가 아이를 봐줄 테니 잠시라도 밖에 나가 바람을 쐬고 오라고 말해주고 싶었다. 원가족과도 왕래가 없다던 그 어린 엄마는 누구에게 마음을 털어놓고 지낼지, 아이가 만날 수 있는 사람은 어떤 사람들일지 모든 것이 궁금해졌다. 그동안 윙의 친구들을 보면서 안타까워했던 것들이 지금도 결코 해결되지 않았고, 나역시 여전히 같은 고민을 하고 있음을 그때 알 수 있었다. 그렇다. 우리가 어떤 상황에 놓이게 되더라도 삶은 여전히 흘러갈 것이다. 어쩌면 나는 이후로도 같은 고민을 계속하게 될 것 같다.

누구나 그럴 것이다. 사람은 힘들고 어려운 상황 앞에서 '이걸 누구에게 털어놓지?' 하면서 해결할 궁리를 한다. 며칠 집을 비우며 고양이를 부탁해야 할 때도 우리는 누군가의 도움을 받아야 한다. 복잡한 현실이 눈앞에 닥쳐도 '이것만 끝내놓고 얼른 달려가서 실컷 놀아야지' 하는 누군가가 있으면 회피하고 싶은 일이라도 마주할 수 있는 힘을 낸다. 나를 위해 정성껏 만들어준 밥상을 받을 때는 물론 근황을 묻는 사소한 안부 인사에도 사람들과 연결되어 있는 나를 발견하고 안심하게 된다. 나는 이런 것들이 모두 비빌 언덕이라고 생각한다. 윙의 친구들과 그 어린 엄마에게 더 많은 비빌 언덕이 필요한 이유가 여기에 있다.

어떤 환경 혹은 조건은 한두 사람의 쾌척으로 바뀔지 모르지만, 한 사람이 온전히 살아갈 수 있으려면 여러 사람의 작은 힘이 모여야 한다는 것을 나는 그간의 경험을 통해 배웠다. 복지라는 것이 안전한 주거를 제공하고 일자리를 만드는 것으로 끝날 수 없듯, 다양한 사람들과 건강한 관계를 지속해나가는 것이 무엇보다 중요하다. 세상을 움직이는 건 한 명의 위인이 아니라 무수한 보통의 사람들이기에. 누군가를 돌보고 함께 살아간다는 것은 저마다의 자기돌봄이 전제되었을 때 가능한 일이겠지만, 그런 자기돌봄 또한 수많은 비빌 언덕에서 몸으로 묻고 배우는 시간을 경험할 때 이뤄질 수 있다는 것을 이제는 안다.

많은 사람들이 윙의 친구들에게 '요즘 잘 지내요?'라는 사사로운 인사를 건네주면 좋겠다. 친구들이 믿음직스러운 선배에게 '맛있는 밥 먹으면서 이야기해요' 하며 고민을 털어놓을 수 있으면 좋겠다. 도움을 주는 사람과 도움을 받는 사람이 구분되지 않는 공간에서 서로 관심과 도움을 주고받는 것이 자연스러운 일상이 되면 좋겠다. 그렇게 윙이라는 비빌 언덕에서 누구나 비덕이 될 수 있으면 좋겠다. 우리에게는 더 많은 비빌 언덕이 필요하니까.

나가며

함께한 이들, 함께한 시간

"윙은 계절로 따지면 봄 같은 곳이에요. 제가 아직 차디찬 겨울
을 살고 있을 때 윙이라는 봄이 찾아왔어요. 춥고 외로웠는데,
윙에 와서 따뜻한 햇볕을 쬘 수 있었어요. 사계절이 뚜렷하게
존재한다는 것도 비로소 느끼게 되었죠."　　　　　—이현정, 윙의 친구들

"제 삶은 윙을 만나기 전과 후로 나뉘어요. 윙을 만나기 전, 저
에겐 꿈도 미래도 없었죠. 삶의 이유를 찾지 못해 우울증도 심
했고요. 죽고 싶다는 생각을 많이 했는데 윙을 만난 이후부터
는 일하는 것도 즐겁고 사는 것도 즐겁고 삶의 만족도가 굉장
히 높아졌어요."　　　　　　　　　　　　　　　—이지혜, 윙의 친구들

"사회복지시설은 보통 국고보조금에 전폭적으로 의존하기 쉬운데 윙은 그게 정답은 아니라고 생각했던 것 같아요. 자구책을 마련하기 위해 거침없는 도전을 해온 것이 윙의 정체성을 좀 더 확고하게 만들어주지 않았나 생각합니다."

—정유희,《페이퍼》편집장

"윙에서 제 이름을 되찾았던 게 기억에 남아요. 언제나 '누구 엄마'로 살았는데 제가 제 이름으로 불리는 게 참 행복했습니다. 윙을 만나지 않았더라면 지금의 저는 없었을 거예요."

—조미희, 윙 전 취사원

"윙 하면 가장 먼저 떠오르는 이미지가 시대를 앞서 변화를 만들어왔다는 것, 어떤 도전이든 서슴지 않으며 앞서가는 결정을 했다는 거예요. 70년의 역사를 지니고 있어서 굉장히 올드한 단체일 수 있는데 오히려 역설적으로 항상 시대를 앞서갔어요. 그래서 윙의 친구들도 도전을 두려워하지 않고 독립할 수 있지 않았나 그런 생각이 들었어요. 또 윙은 윙을 찾아오는 이들을 늘 환대해주었죠. 그래서 무언가를 계속 같이할 수 있는 길이 열렸던 것 같아요. 윙은 저에게도 비빌 언덕이었어요."

—박신연숙, 풀뿌리여성네트워크 바람 대표

"윙에는 윙 특유의 분위기가 있어요. 어떤 사건이든 함께하는 사람들과의 관계 속에서 같이 손을 잡고 넘어간다는 느낌을 받았죠. 다른 한편으로 윙에는 문턱이 없어요. 자기 자신을 숨김없이 드러내면서 현재와 미래를 공유하는 경험, 밑바닥에서부터 일상을 함께 차곡차곡 쌓아 올라가는 경험을 하게 되죠. 그런 활동과 관계성을 만들어내는 곳이 윙이에요. 어디에도 존재하지 않는 방식으로 활동하는 드문 곳이죠. 특히 밥상을 둘러싸고 열리는 대화나 공동의 경험은 윙 고유의 정체성과 직결되는 활동이 아닐까 싶어요. 식탁을 공유하는 그런 경험이 윙을 하나의 공동체로 만드는 데 대단히 중요한 역할을 한 거죠."

—권용선, 서울과학기술대학교 강사

"그 사람이 지닌 고유한 능력을 믿고, 스스로 걸어갈 수 있도록 힘을 북돋아주는 기관을 처음 만났어요. 누군가를 구제한다는 사고방식이 아니라 인간의 자율성, 그 사람이 가진 에너지를 존중하며 호흡한다는 것이 무척 매력적으로 느껴졌어요. 윙에서 수업을 해보면 알아요. 모든 걸 정성을 다해 준비해주었죠. 강사로 드나들었던 저에게도 그랬어요. 윙의 친구들도 아마 그렇게 느끼지 않았을까 싶어요. 환대받고, 돌봄 받고, 저라는 사람이 아주 소중하게 대접받았던 기억으로요. 윙은 친구들뿐 아니라 저도 돌봐줬어요. 정말이지 제가 윙하고 같이 인생을 살았네요."

—이숙경, 서울국제여성영화제 집행위원장

"제가 윙에서 니체로 철학 강의를 했을 때 그런 생각이 들었어요. 니체가 과연 이런 곳에서 읽힌 적이 있었을까. 니체가 이곳에서 읽히고 있다는 게 급진적으로 느껴졌어요. 아니, 급진적이라는 말로도 부족했죠. 니체가 마땅히 있어야 할 곳에 있다는 생각이 들어 뭉클했어요. 제가 만난 윙의 친구들은 자기를 극복할 자기를 찾아내려고 하고, 그런 순간을 기다리고, 시도하고, 만들어내려는 이들이었어요. 자기 삶의 미학을 가꿔간 거죠. 니체가 자기 자리를 잘 찾았구나 싶었어요.

일주일을 일주일로 살지 말고 하루씩 살라고 했던 최정은 대표님의 말씀이 기억에 남아요. 윙 70주년이 의미하는 것도 비슷한 것 같아요. 하루하루가 쌓여 70년이 되었다는 이야기죠. 그 70년 중 단 하루도 허투루 보낸 날이 없었다는 거고요. 70년이라는 시간이 위대한 건 그래서입니다."

―고병권, 노들장애학궁리소 연구원

"저는 윙을 통해 한 명의 여성으로서 제 삶을 주도적으로 사는 방법을 배웠어요. 또 윙은 저에게 금기를 깨는 법을 가르쳐주었죠. 단지 사회적으로 금기시되는 것뿐만 아니라 자기 스스로 정해두는 다양한 금기들 있잖아요. 할 수 없다는 편견을 깨고 친구들과 같이 도전하는 모습을 보여준 것, 그게 저에게는 아주 큰 변화로 다가왔어요."

―박지영, 윙 전 사무국장

"윙에 처음 온 지도 벌써 10년이 넘은 것 같아요. 그때도 그랬는데 지금도 여기 들어오면 가슴이 살짝 두근거려요. 뭐라고 할까, 다른 곳과는 다른 느낌이 들어요. 특히 복도에 적힌 '여성의 존엄한 삶을 위하여'라는 글귀는 언제나 묵직하게 다가옵니다. 상처받고 소외된 여성들 곁에 서는 것이 윙의 마음이자 철학이고 존재 이유라는 생각이 들죠. 윙은 자신의 존엄함을 잃어버린 여성들을 일으켜 세우고 그들이 자기 삶을 주도하는 힘을 갖도록 돕는 걸 가장 중요하게 여기는 곳이니까요.

윙은 관성을 깨는 것을 두려워하지 않았고 새로운 것을 시도하는 데 주저하지 않았어요. 어떤 길이든 일단 들어서보고 아니면 다시 되돌아가 새로운 길을 가는 그런 용기를 보여줬죠. 실험적이면서도 꾸준한 윙의 그 태도가 여성운동의 지평을 크게 넓혔다고 생각해요."

— 윤정숙, 녹색연합 공동대표·60+기후행동 전 공동대표

"윙은 굉장히 실험적인 일들을 많이 했다고 생각해요. 달리 말하면 독특하다고 할 수 있을 많은 아이디어를 현실화하는 그런 일들을 많이 했죠. 대부분의 시스템은 한번 만들어지면 잘 변화하지 않는데 윙은 그렇지 않았어요. 다른 사회복지시설과 달리 언제나 역동적이고 창조적이었어요."

— 조진경, 십대여성인권센터 대표

"한국사회에서 사회복지법인이 갖는 고정적인 기능과 역할이 있는데 윙은 그 상을 뛰어넘어 확장된 세계관을 구축했다고 생각해요. 배가 지나가면 뱃길이 생기듯, 윙의 도전과 실험도 하나의 궤적을 남겼죠. 25년간 윙을 지켜봐왔지만 윙은 언제나 제 예상을 비껴 나갔어요. 27년간 여성 정책 연구자로 살고 있는 저에게 가장 큰 자극과 영감을 준 곳이죠. 저의 성장기를 윙과 함께 보냈다는 것 자체가 저에게는 큰 기쁨입니다.

윙은 변화의 아이콘이기도 해요. 모자원에서 출발해 선도보호시설을 거쳐 다양한 주거 지원을 실험하고, 지금의 자활지원센터에 이르기까지 스스로의 사회적 역할을 정확하게 인지하고 끊임없이 변화를 시도해왔죠. 게다가 변화하기만 한 게 아니라, 자신이 과연 무엇을 하는지, 또 무엇을 향해 가고 있는지를 끊임없이 성찰하면서 객관적으로 평가받으려고 했고요. 그 과정 속에서 윙의 가치와 철학이 한 사람의 삶에 새겨진다는 느낌을 받았죠. 제도와 개인의 삶 사이를 오가며 그 간극을 메우려 했기 때문이 아닐까 싶어요."

—황정임, 한국여성정책연구원 선임연구위원

1953년 즈음의
데레사원(윙의 전신).

2019년 3월 문을 연
비덕살롱의 현재 모습.

우리에겐 비빌 언덕이 필요해

초판 1쇄 펴낸날	2023년 10월 24일
지은이	최정은
펴낸이	박재영
편집	이정신·임세현·한의영
마케팅	신연경
디자인	조하늘
제작	제이오
펴낸곳	도서출판 오월의봄
주소	경기도 파주시 회동길 363-15 201호
등록	제406-2010-000111호
전화	070-7704-2131
팩스	0505-300-0518
이메일	maybook05@naver.com
트위터	@oohbom
블로그	blog.naver.com/maybook05
페이스북	facebook.com/maybook05
인스타그램	instagram.com/maybooks_05
ISBN	979-11-6873-080-9 03810

만든 사람들

책임편집	임세현
디자인	조하늘